W0377213

Un si dangereux patron

MIRANDA LEE

Un si dangereux patron

AZUR

HARLEQUIN

Collection : Azur

Titre original :
MAID FOR THE UNTAMED BILLIONAIRE

© 2019, Miranda Lee.
© 2020, HarperCollins France pour la traduction française.

Ce livre est publié avec l'autorisation de HARLEQUIN BOOKS S.A.

Tous droits réservés, y compris le droit de reproduction de tout ou partie de l'ouvrage, sous quelque forme que ce soit.
Toute représentation ou reproduction, par quelque procédé que ce soit, constituerait une contrefaçon sanctionnée par les articles 425 et suivants du Code pénal.

Si vous achetez ce livre privé de tout ou partie de sa couverture, nous vous signalons qu'il est en vente irrégulière. Il est considéré comme « invendu » et l'éditeur comme l'auteur n'ont reçu aucun paiement pour ce livre « détérioré ».

Cette œuvre est une œuvre de fiction. Les noms propres, les personnages, les lieux, les intrigues, sont soit le fruit de l'imagination de l'auteur, soit utilisés dans le cadre d'une œuvre de fiction. Toute ressemblance avec des personnes réelles, vivantes ou décédées, des entreprises, des événements ou des lieux, serait une pure coïncidence.

Le visuel de couverture est reproduit avec l'autorisation de :

HARLEQUIN BOOKS S.A.

Tous droits réservés.

HARPERCOLLINS FRANCE
83-85, boulevard Vincent-Auriol, 75646 PARIS CEDEX 13
Service Lectrices — Tél. : 01 45 82 47 47

www.harlequin.fr

ISBN 978-2-2804-4055-4 — ISSN 0993-4448

Prologue

Jake avait besoin d'une intendante, mais surtout pas à demeure. Pas question d'avoir en permanence quelqu'un dans les pattes, en train de nettoyer derrière lui, d'envahir son espace et de le forcer à lui faire la conversation. S'il avait acheté cette maison, quelques années plus tôt, c'était justement pour avoir la paix.

Après avoir passé des semaines à l'hôpital, puis un mois dans un centre de rééducation, il aspirait à la solitude. Il avait donc refusé les propositions de ses proches qui auraient aimé l'accueillir, et acheté cette maison d'East Balmain, à Sydney, un cadeau qu'il s'était offert pour son trentième anniversaire.

Il avait cru s'en sortir avec l'aide d'une femme de ménage trois fois par semaine. Il y était d'ailleurs parvenu, dans un certain sens, même au début, quand il n'avait pas encore complètement retrouvé l'usage de sa jambe. Il commandait ses achats en ligne, donnait son linge à laver à l'extérieur, et il avait continué, même lorsqu'il avait repris le travail complètement rétabli. Mais, finalement, la charge de la maison était devenue trop lourde, d'autant que, la patience n'étant pas sa qualité première, il détestait dépendre du bon vouloir de commerçants qui n'étaient pas toujours ponctuels.

Il avait les moyens de payer quelqu'un pour tenir la maison à sa place car, avant même le succès de son show télévisé, il était déjà riche, mais il tenait à préserver son intimité déjà bien compromise depuis deux ans que son show connaissait un succès grandissant : ses moindres faits et gestes étaient commentés sur les réseaux sociaux et dans la presse de caniveau.

Mais sa maison devait rester son château fort, son sanctuaire, et il était devenu impératif qu'il trouve la perle rare, une tâche qui s'était révélée bien plus difficile qu'il ne l'aurait cru car aucune des femmes à qui il avait fait passer un entretien ne lui avait plu.

C'était idiot puisqu'il n'aurait jamais à faire à elle personnellement. Comme il l'avait expliqué à diverses agences de placement huppées, cette personne ne travaillerait qu'en semaine, jamais le week-end. Elle devrait venir chez lui chaque matin, après son départ, et être partie quand il rentrerait, assez tard en général. Produire et animer *Midi en Australie* lui prenait tout son temps, du matin jusqu'en fin d'après-midi.

Donc, que son intendante lui plaise ou non, cela n'avait vraiment aucune importance. Mais il ne pouvait supporter l'idée que quelqu'un qu'il n'aime pas occupe son espace personnel quand il n'y était pas.

Le problème était que toutes les femmes qu'il avait vues jusque-là s'étaient révélées des fans de son show. Ce n'était pas un crime, mais cela l'agaçait. Il les avait toutes trouvées à la fois bavardes et envahissantes.

Jake détestait se sentir envahi, surtout par une femme. Un défaut qu'il partageait sans doute avec beaucoup de célibataires. Et il l'imaginait déjà en train de poster des informations sur son *merveilleux* nouveau job et sur son *adorable* nouveau patron dans tous les médias, sans oublier les photos. Conclusion, il n'en avait encore engagé aucune et se retrouvait en train d'attendre l'arrivée d'une nouvelle candidate, envoyée par *Madame est servie*, une agence de placement dont la directrice avait participé à son show quelques jours plus tôt.

Cette agence lui avait promis de lui envoyer exactement la personne qu'il recherchait. En général, il s'agissait de mères de famille qui espéraient se faire un petit extra pendant que leurs enfants étaient à l'école. Il avait donc appelé la directrice, Barbara, pour lui expliquer précisément qu'il préférait éviter toute admiratrice.

Elle lui avait promis de lui envoyer la bonne personne.

C'était pour cette raison qu'il se retrouvait à presque 14 heures, dans son bureau, en train d'attendre cette perle, en espérant qu'il ne perdrait pas une fois de plus son temps.

Hélas, déjà, cette femme était trop jeune. Vingt-six ans seulement. Et veuve. Comment était-ce possible ? Sans doute un accident de la route, se dit-il en soupirant. Ou une maladie… Au moins, elle n'avait pas d'enfants. Rien de plus triste qu'une jeune veuve tentant d'élever seule ses enfants. Et rien de plus difficile.

Cette Abby Jenkins n'avait guère de qualifications. À en croire son court CV, elle avait quitté le lycée à dix-sept ans pour travailler dans un *Fish and chips* jusqu'à son mariage, à vingt ans, après quoi elle avait abandonné son travail pour rester chez elle. Un drôle de choix pour une fille d'aujourd'hui. Plutôt démodé et un peu bizarre. Et Jake n'avait pas envie d'engager quelqu'un de bizarre.

Mais il allait lui donner sa chance. Tout le monde méritait qu'on lui donne sa chance.

Il entendit le bruit d'une voiture qui se garait devant chez lui. Il était exactement 14 heures. Au moins, elle était ponctuelle. Il ouvrit la porte juste au moment où la sonnette retentissait et découvrit une blonde aux grands yeux verts, si jolie qu'il en eut le souffle coupé, et qui le regardait d'un air inquiet. Pas vraiment inquiet, en fait, mais elle semblait terriblement nerveuse et se mordillait la lèvre inférieure, les doigts crispés sur la bandoulière de son sac comme sur une bouée de sauvetage.

Il supposa que c'était normal car Barbara l'avait prévenu que c'était le premier entretien qu'elle passait dans son agence. Peut-être même le premier de sa vie.

Elle portait un jean bleu foncé et un haut crème qui mettait en valeur sa ravissante silhouette. Ses cheveux longs et raides, blonds comme les blés, étaient relevés en queue-de-cheval. Elle n'était pas maquillée, contrairement à la majorité des femmes que Jake avait déjà reçues, et cela lui plut.

— Monsieur Sanderson ? s'enquit-elle d'une voix hésitante.

Il s'étonna qu'elle ne le reconnaisse pas. Elle n'avait donc jamais vu son show ni aucun des documentaires qu'il avait réalisés ces dernières années. Fallait-il qu'il s'en réjouisse ou qu'il le regrette ? se demanda-t-il avec ironie.

En fait, c'était plutôt positif puisqu'il ne voulait pas d'une intendante qui soit une de ses fans.

— Oui, c'est moi, répondit-il en se disant qu'elle était trop jeune et beaucoup trop jolie.

Mais, au fond, comme il ne la croiserait jamais, pas de danger qu'il soit tenté par son physique. Heureusement parce qu'il aurait eu du mal à résister à ces yeux. Et à cette bouche.

Il détourna le regard de peur de se laisser entraîner en territoire interdit.

— Vous devez être Abby, répondit-il avec un sourire un peu contraint.

Elle lui adressa en retour un sourire timide qui découvrit des dents très blanches.

— Oui. Vous êtes très aimable de m'accorder cet entretien.

— Barbara vous a chaudement recommandée. Elle a dit qu'elle s'était présentée chez vous inopinément avant de vous engager et que c'était impeccable.

Elle rosit, ce qui la fit paraître plus adorable encore. Jake aimait les jolies filles, mais, d'habitude, la douceur ne l'attirait pas spécialement…

— J'aime qu'une maison soit nette et agréable à vivre.

— J'en suis ravi, dit-il sur un ton plus brusque qu'il ne l'aurait voulu. Entrez pour que nous puissions parler tranquillement.

— Très bien, répondit-elle sans bouger d'un pouce, mais en le fixant de ses grands yeux verts.

Sans doute sa brusquerie l'avait-elle effrayée. Jake pouvait se montrer charmant quand il le voulait, mais aussi très intimidant. Dans ces circonstances, il se devait de rester professionnel.

— Peut-être devrais-je d'abord vous faire faire le tour de la maison ? reprit-il en lui faisant signe d'entrer. Pour que vous vous rendiez mieux compte du travail qui vous attend. Il n'est pas sûr qu'il vous convienne.

— Je suis certaine que si, monsieur Sanderson, répondit-elle en entrant dans le hall. Comme le parquet est beau. J'adore le bois ciré.

— C'est difficile à entretenir, commenta Jake tandis qu'elle refermait la porte.

— Le travail ne me fait pas peur, dit-elle sur un ton plein d'assurance.

Décidément, songea Jake, cette fille lui plaisait. Vraiment.

Le seul problème, c'était qu'il la trouvait très désirable, mais il était bien décidé à l'ignorer et à faire en sorte de la voir le moins possible.

Comme l'affirmait le proverbe, loin des yeux, loin du cœur.

1.

Douze mois plus tard…

Abby sortit de sa petite maison de bois en fredonnant gaiement. Elle adorait le lundi matin, elle adorait son travail et elle adorait la superbe maison de Jake Sanderson. Enfin, elle aimait s'occuper de lui, même s'il ne lui plaisait pas beaucoup en tant que personne.

Néanmoins, elle lui serait toujours reconnaissante de l'avoir embauchée sans expérience ni références. Elle avait encore du mal à croire qu'elle ait pu décrocher un job aussi tranquille. Pas trop loin de chez elle en voiture, et de plus, complètement autonome puisque Jake n'était jamais chez lui lorsqu'elle s'y trouvait. Elle pouvait faire réellement ce qu'elle voulait, prendre une pause quand elle en avait envie et s'organiser à sa guise. Elle n'était pourtant pas du genre à tirer au flanc et plutôt perfectionniste dans la tenue de la maison. Chez elle, on aurait pu manger par terre, et chez Jake aussi quand elle en partait.

En revanche, quand elle arrivait le lundi matin, elle pouvait s'attendre à un beau désordre. Quand il avait eu de la compagnie durant le week-end, elle s'en apercevait tout de suite, car il était plutôt du genre à ne jamais lever le petit doigt pour laver un verre ou remplir le lave-vaisselle. Jake, qui avait récemment été élu personnalité la plus populaire de la télévision, était réputé avoir toujours une femme sous la main.

La sœur d'Abby, Megan, une fan de Twitter et de la presse à scandale, était toujours prête à renseigner Abby sur la dernière liaison de son patron. Sa dernière conquête se trouvait être une présentatrice du journal qui travaillait sur la même chaîne que lui : Olivia, une charmante brune dotée de grands yeux noirs, d'une silhouette à couper le souffle et du sourire qui allait avec. Naguère, ce sourire aurait pu rendre Abby jalouse, mais plus maintenant. Elle s'arrêta brusquement de fredonner, et passa la langue sur ses dents du haut, une sensation qui la ravissait encore. Exactement comme pour les dents du bas.

Évidemment, ces couronnes étaient loin d'être données et elle n'avait toujours pas fini de rembourser l'emprunt qui lui avait permis de se faire soigner. Mais, en l'occurrence, c'était plus une nécessité qu'un simple caprice esthétique.

« Après tout ce temps, il faut que tu aies confiance en toi avant de te lancer sur le marché du travail, lui avait conseillé sa sœur. Et donc, tu dois faire quelque chose pour tes dents. »

Megan avait parfaitement raison. Impossible d'aller se présenter devant un employeur potentiel dans cet état. Elle était atteinte de fluorose, une affection due à un excès de fluor – peut-être due au dentifrice qu'elle utilisait dans son enfance et dont elle aimait beaucoup le goût. Mais au fil des années, des taches brunes étaient apparues sur ses dents, surtout celles du haut. Wayne prétendait que cela ne le gênait pas, qu'elle était belle malgré tout, mais Abby n'en croyait rien. Alors, quand il n'avait plus été là pour s'y opposer, elle avait suivi l'avis de Megan et était allée chez le dentiste. Ce en quoi elle avait eu bien raison, même si elle avait dû emprunter.

D'ailleurs, elle en aurait bientôt fini. Chaque semaine, elle économisait un maximum sur son salaire, sans jamais aller chez le coiffeur ou la manucure, ni se laisser tenter par des vêtements. Elle faisait avec ce qu'elle avait déjà. Elle mangeait rarement au restaurant et sortait peu. À condition qu'il n'y ait pas d'extras – comme, par exemple, quand Timmy avait dû être opéré des amygdales –, elle aurait fini de rembourser à Noël et pourrait commencer à économiser pour son voyage.

Abby avait toujours eu envie de découvrir le monde et l'espoir de voyager un jour au-delà des mers l'avait soutenue durant sa difficile adolescence. Certes, quand elle avait épousé Wayne, ce rêve avait été remplacé par celui de fonder une famille heureuse, comme elle n'en avait jamais connu ni Wayne non plus. Mais ce rêve n'était jamais devenu réalité…

Elle ravala son chagrin et s'efforça de chasser ces horribles souvenirs pour se concentrer sur un projet réalisable qui pourrait lui faire oublier le passé. On disait que le temps apaisait toutes les blessures. Le temps et un beau voyage…

Ce voyage de rêve durerait au moins six mois et lui permettrait de découvrir l'Europe, l'Asie et l'Amérique. Sur sa liste concernant les USA figuraient de nombreux sites : les chutes du Niagara, le Grand Canyon, New York.

Ce qui signifiait aussi qu'un jour, il lui faudrait abandonner son travail d'intendante chez Jake. Megan pensait qu'elle serait folle de quitter un job aussi tranquille pour aller courir le monde. Mais Abby n'était pas d'accord. Pour aller de l'avant, elle avait besoin de rêver, et tant pis pour son travail chez Jake Sanderson. Il survivrait sans elle et elle sans lui.

Peu avant 9 h 30, elle prit le virage qui menait chez Jake. Dans cette rue qui descendait en pente douce vers le rivage et le terminal du ferry, les maisons, pour la plupart mitoyennes et à deux étages, dataient du début du XXe siècle et avaient toutes été rénovées. Balmain était devenu une adresse recherchée, bien loin de ses origines ouvrières.

Autrefois, la maison de Jake était un grand magasin d'angle avant d'être rachetée, agrandie, rehaussée et transformée en habitation particulière. Jake l'avait acquise quelques années plus tôt, déjà meublée en style balinais. Elle comportait une cour, une piscine incluant un jacuzzi et, au rez-de-chaussée, une suite pour les invités.

Apparemment, quand il l'avait achetée, il souffrait d'une blessure à la jambe survenue à l'étranger, et durant un certain temps, il avait été incapable de monter l'escalier. Il le lui avait raconté le jour où il l'avait engagée, quand il lui avait fait visiter la maison et expliqué ce qu'il attendait d'elle. Il lui avait parlé davantage ce jour-là que durant toute l'année suivante.

Megan la questionnait sans cesse sur son patron, célibataire, tellement beau et tellement célèbre. Elle refusait de croire Abby qui prétendait ne rien savoir de lui ou presque : naguère, il avait été un célèbre documentariste et, maintenant, il était un non moins célèbre animateur de talk-show télévisé. Il avait un oncle nommé Craig qu'il aimait bien et qui avait été un correspondant de presse à l'étranger. Cet oncle avait récemment séjourné un certain temps chez Jake après un accident de ski.

Megan en savait sans doute plus sur lui qu'Abby puisqu'elle regardait chaque jour son émission *Midi en Australie*, un direct d'une heure et demie consacré aux nouvelles du jour et à des entretiens avec des célébrités couplés avec un soupçon de variétés – une formule éprouvée dont le succès dépendait du talent de l'animateur. Et Jake avait du talent. Énormément.

Il arrivait à Abby de regarder ce show pendant sa pause du déjeuner, mais elle n'était pas aussi emballée par l'émission – ni par son bel animateur – que sa sœur. Elle avait du mal à faire coïncider le charmeur qu'elle voyait sur l'écran et l'homme plutôt rude qui lui adressait à peine la parole s'il leur arrivait de se croiser. Mais aucune importance, tant qu'il continuait à la faire travailler et à la payer jusqu'à ce qu'elle ait assez d'économies pour son voyage.

À peine entrée dans la maison, elle aperçut sur le tableau blanc de la buanderie, où son patron notait ce qu'il désirait qu'elle fasse ou achète, un message en lettres capitales. Jamais il ne lui envoyait de textos, il semblait préférer ce moyen de communication plus impersonnel.

Je serai ici à 15 heures.

J'ai quelque chose d'important à vous dire.

Jake

Abby sentit son estomac se nouer. Elle avait dû faire une bêtise et Jake allait la renvoyer. Mais elle réussit à se raisonner : cela ne pouvait pas être important ; il voulait sans doute lui indiquer simplement une nouvelle tâche à accomplir.

Oui. Inutile de paniquer, mais c'était plus facile à dire qu'à faire, et ce jour-là, elle eut l'impression que le temps s'écoulait très lentement. Néanmoins, elle redoubla d'efforts et, à 15 heures, la maison de Jake était propre et brillante comme un sou neuf. Plus un grain de poussière, le linge avait été lavé et séché, le lit de Jake refait et des serviettes propres étaient suspendues dans la salle de bains. La cour avait été balayée et elle avait même réussi à ôter les taches de vin rouge qui souillaient le carrelage. Elle n'avait pas pris une minute de repos et avait déjeuné sur le pouce.

Un peu avant 15 heures, elle enleva ses gants et dénoua ses cheveux qu'elle brossa avant de les rattacher comme d'habitude en queue-de-cheval. Pour travailler, elle portait toujours un jean et des tennis, un T-shirt quand il faisait chaud et un pull s'il faisait froid. Aujourd'hui, son jean était un peu trop large, vieux et fané, tout comme son T-shirt noir. Récemment, elle avait réussi à perdre du poids en supprimant le chocolat et les glaces.

Abby se regarda en soupirant dans le miroir de la salle de bains. Elle aurait préféré avoir meilleure allure, et elle se serait préoccupée davantage de son apparence ce matin-là si elle avait su qu'elle rencontrerait son patron qu'elle n'avait pas vu depuis des semaines. Oui, il fallait qu'elle s'achète de nouveaux vêtements, des jeans et des T-shirts, chez Kmart, ce n'était pas si cher.

15 heures et aucun signe de Jake. Au bout de dix minutes, elle se demanda si elle ne devrait pas lui envoyer un texto. Il lui avait donné son numéro en lui signifiant clairement de

ne le déranger qu'en cas d'urgence, et son retard ne pouvait être considéré comme une urgence. Néanmoins, s'il n'était toujours pas arrivé à la demie, elle le contacterait. Elle alla dans la cuisine et mit la bouilloire en route.

Jake posa le pied sur le quai du ferry, l'estomac noué. Aujourd'hui encore, il avait fait de son mieux pour animer son show, mais il n'avait pas la tête au travail. De toute façon, cela n'avait aucune importance : le vendredi précédent, c'était Andrew qui avait animé le show à sa place et il s'en était très bien tiré, à en croire les sondages. Dans le domaine du divertissement, nul n'était indispensable.

Il envisagea de le laisser s'occuper du show pendant une semaine ou deux et de prendre un congé bien mérité. Andrew sauterait certainement sur l'occasion car c'était un jeune ambitieux, comme il l'avait lui-même été. À moins qu'il ne se décide à vendre le concept et à se reconvertir dans une activité complètement différente. Cela faisait longtemps que Harvest Productions attendait cette opportunité. S'il réussissait à convaincre Sebastian de lui faire une offre convenable, pourquoi ne pas accepter ? Quoique…

Frustré, il se passa une main dans les cheveux. Il y avait des années qu'il ne s'était plus senti à ce point indécis, et il savait pourquoi, mais il avait du mal à faire face. En soupirant, il se dirigea vers la rambarde et se pencha pour contempler l'eau. Le port de Sydney par une belle journée de printemps… Un spectacle agréable, mais Jake n'était pas d'humeur à admirer le paysage. Ni même à le remarquer.

Il ferma les yeux et se laissa aller au chagrin qu'il avait réussi à contenir tandis qu'il animait son show et qui le terrassait depuis des jours. Il ne pouvait toujours pas croire que son oncle soit mort. Même après l'enterrement auquel il avait assisté le vendredi précédent. Il ne pouvait pas imaginer Craig dans ce cercueil, ni envisager le fait qu'il ne le reverrait plus jamais, qu'il ne pourrait plus lui parler, ni boire un verre avec lui, ni faire quoi que ce soit d'autre.

Pour lui, Craig avait été beaucoup plus qu'un oncle. Il avait été son mentor et son ami. Son idole aussi. Tout petit déjà, Jake admirait la façon dont son oncle menait sa vie. Craig n'avait pas suivi la voie traditionnelle : travailler du matin au soir, se marier et avoir des enfants. En tant que correspondant de presse à l'étranger, il avait parcouru le monde, séjournant dans des lieux sauvages et exotiques, parfois dangereux, ce qui enflammait l'imagination de Jake. Il était resté célibataire, et avait confié à Jake adolescent que s'il s'était marié, sa femme et ses enfants auraient trop souffert de se sentir négligés et abandonnés.

Évidemment, il avait eu des femmes dans sa vie. Beaucoup. Des femmes superbes et excitantes qui agrémentaient le lit du beau Craig Sanderson, mais n'avaient rien d'autre à attendre de lui qu'une agréable compagnie.

Bien avant d'avoir terminé ses études à la fac, Jake avait décidé que c'était la vie qui lui convenait. Pas question de suivre les traces de son père, le seul frère de Craig, qui s'était marié avant vingt ans, avec une fille encore plus jeune que lui et déjà enceinte, et s'était littéralement tué au travail pour nourrir une famille toujours plus nombreuse.

Quand son père était mort d'un infarctus à quarante-sept ans, Jake avait eu le cœur brisé, mais il était plus que jamais décidé à rester célibataire et à trouver un job qui lui plaise, pas un travail alimentaire.

Il était resté fidèle à cette résolution et, jusqu'à trente ans, il avait tourné des documentaires aux quatre coins du monde, gagnant ainsi une petite fortune. Il aurait d'ailleurs continué si un accrochage avec un groupe de rebelles dans une Afrique déchirée par la guerre ne l'avait pas forcé à changer de vie.

En comparaison, travailler à la télé pouvait paraître fade, mais il y avait aussi de bons moments, il n'avait pas à se plaindre. Depuis qu'il avait cessé de voler de pays en pays et de ville en ville, il avait renoncé aux aventures d'une nuit et enchaîné des liaisons plus durables. Quelques mois… Ses amies étaient en général des femmes indépendantes et désireuses de faire carrière, douées au lit et qui ne cherchaient ni à se marier, ni, Dieu merci, à faire un bébé. Olivia lui avait juré dès leur première rencontre qu'elle ne redoutait pas l'horloge biologique, contrairement à sa précédente conquête. La seule responsabilité que Jake acceptait dans la vie, c'était de régler lui-même ses factures.

Il avait donc géré les choses ainsi… jusqu'à ce que le notaire de Craig fasse exploser cette bombe.

Jake savait déjà qu'il hériterait de l'essentiel des biens de son oncle puisque Craig lui avait donné une copie de son testament. Ce qu'il ignorait, c'était que Craig avait fait venir son notaire à son chevet quelques jours avant sa mort et lui avait remis une lettre à donner à Jake après ses obsèques.

Jake tira la lettre de sa poche et la relut pour la énième fois.

Cher Jake,

J'espère que tu n'es pas fâché que je ne t'aie pas dit que j'étais malade, mais il n'y avait rien à faire et j'ai horreur d'inspirer la pitié. J'ai bien vécu et mon seul regret est de ne pas partir de façon plus élégante. Une balle ou une bombe m'auraient davantage correspondu.

Mais j'en viens au motif de cette lettre. Je voudrais que tu me rendes un service. En juillet, quand je séjournais chez toi après m'être démoli le genou, j'ai fait connaissance de ta gentille intendante. Elle s'est montrée adorable envers moi et a fait tout ce qu'elle pouvait pour rendre mon séjour confortable et agréable. Pourtant, il ne s'est rien passé entre nous. Ce n'est pas son genre.

Je ne veux pas ajouter un codicille à mon testament, ce serait trop compliqué, mais j'aimerais que tu achètes à Abby une voiture neuve pour remplacer la bombe à retardement qu'elle conduit. Une jolie petite auto avec une longue garantie d'entretien.

Je voudrais aussi que tu verses vingt-cinq mille dollars, pris sur ton confortable héritage, sur le compte où elle économise pour son voyage. Insiste bien sur le fait qu'elle ne doit pas les utiliser autrement et surtout pas les donner aux proches qui la parasitent.

Je te fais confiance car je sais que tu es un brave garçon. Dis à Abby que je l'aime et qu'elle n'attende pas trop longtemps pour découvrir le monde. Elle doit profiter de la vie.

Profites-en toi aussi, mon garçon. Je te regarderai de là-haut.

Ton oncle Craig.

Jake ferma les yeux en repliant la lettre, la gorge serrée. *Dis donc, Craig, pourquoi ne m'as-tu pas dit que tu étais malade ? J'aurais pu t'aider comme tu m'as toujours aidé. Et tu ne serais pas mort tout seul. Et tu aurais pu ajouter à ton testament ce fichu codicille,* songea-t-il, tandis que son chagrin tournait à l'exaspération.

Il ne pouvait pas désobéir à Craig, reconnut-il en remettant la lettre dans sa poche. Même si cela l'irritait beaucoup. Pas à cause de l'argent. Il en avait déjà suffisamment. Mais parce que en obéissant aux instructions de son oncle, il serait obligé d'entrer en relation avec Abby, ce qu'il avait toujours soigneusement évité depuis qu'il l'avait engagée.

Regarde la vérité en face, Jake. Elle te plaît de plus en plus.

Malheureusement, il n'avait pas d'autre issue. Il allait devoir s'armer de courage et résister.

2.

À 15 h 20, le patron d'Abby fit enfin son apparition, l'air épuisé mais toujours superbe dans son élégant costume gris et sa chemise immaculée qui contrastait avec sa chevelure sombre, son teint mat et ses yeux d'un bleu profond. Un véritable Apollon, Abby devait le reconnaître, même si elle n'avait jamais été tellement attirée par les hommes au physique avantageux. Ce qui comptait, ce n'était pas l'apparence, mais les actes, et ce qu'elle appréciait, c'était la gentillesse et la douceur, des qualités qui l'avaient séduite chez Wayne.

— Désolé pour ce retard, déclara Jake en pénétrant dans la cuisine où Abby était en train de se faire un café. C'est la faute de ce damné ferry. Puis-je vous demander un café ? Noir, sans sucre.

Il s'assit sur un des tabourets et desserra sa cravate. Abby aurait bien aimé protester, lui dire à quel point elle se sentait stressée, mais elle préféra tenir sa langue et lui faire son café.

— De quoi vouliez-vous me parler ? s'enquit-elle en posant un mug fumant devant lui.

Elle resta debout de l'autre côté du comptoir sans oser remplir sa propre tasse car ses mains tremblaient. Jake la contemplait en fronçant les sourcils, ce qui ne fit qu'ajouter à son appréhension.

— Vous voulez me renvoyer, n'est-ce pas ? lança-t-elle.

Stupéfait, il releva la tête.

— Pardon ? Mais non, pas du tout ! Quelle idée !

Pourquoi voudrais-je vous renvoyer ? Vous êtes l'intendante rêvée. Désolé que vous ayez pu croire une chose pareille !

Ce compliment et ce mot d'excuse firent rougir Abby, soulagée. Elle n'avait aucune envie de quitter ce travail. Pas avant longtemps en tout cas.

— C'est au sujet du testament de Craig, reprit Jake sans ménagement.

— Le testament de Craig ? répéta-t-elle, visiblement déstabilisée. Votre oncle Craig qui a séjourné ici au printemps ?

Il était rentré chez lui en juillet, quatre mois plus tôt.

— Oui. Abby, il vous a laissé quelque chose.

— Vous voulez dire qu'il est mort ? s'exclama-t-elle, choquée.

— Oui, la semaine dernière. Un cancer incurable, ajouta-t-il avec un lourd soupir.

— Mais… Mais… c'est impossible. Je veux dire… Il avait l'air plutôt en forme tout récemment encore.

— Pour moi aussi, ça a été un choc terrible, dit Jake en passant dans ses cheveux une main fébrile. Je crois qu'il a découvert ce cancer à l'occasion d'une IRM de son genou blessé, mais il n'a rien dit à personne, pas même à moi, et pourtant nous étions très proches. J'ignorais qu'il était malade jusqu'à ce que son notaire m'appelle pour m'annoncer son décès.

— Vous n'étiez donc même pas avec lui quand il est mort ?

— Non. Il était seul avec l'infirmière des soins palliatifs. Il n'a dit à personne qu'il était hospitalisé.

— C'est terrible ! murmura Abby qui ne comprenait pas qu'on puisse vouloir mourir de cette façon.

Jake haussa les épaules d'un air résigné.

— Il l'a voulu. Je suis surpris que vous ne soyez pas au courant de sa mort. Il était très connu et on a beaucoup parlé de lui dans les médias le dernier week-end.

— Je ne regarde pas souvent les infos.

— Je comprends.

Elle aurait aimé lui demander pourquoi il ne l'avait pas mise au courant, mais au fond, pourquoi l'aurait-il fait ? Elle n'était ni une parente ni une amie proche, et il ne pouvait pas savoir combien elle avait apprécié son oncle durant son séjour. Craig était un homme fascinant, très intelligent, qui avait beaucoup voyagé et beaucoup lu. Il s'était montré très gentil à son égard et lui avait témoigné de l'intérêt, non pas comme à une domestique mais comme à une personne. La veille de son départ, il lui avait donné une liste de dix livres que, d'après lui, tout le monde devrait lire, surtout les jeunes femmes. Elle s'était attelée à cette tâche et c'était pour cette raison qu'elle ne regardait plus les infos et n'avait pas appris son décès. À l'idée que cet homme si gentil était vraiment mort, elle sentit ses yeux se mouiller.

— Il… Il m'avait dit qu'il allait partir en vacances, balbutia-t-elle.

— À moi aussi.

— Mais en réalité, il nous a quittés pour mourir seul.

Abby ne pouvait rien imaginer de plus triste, et c'était ce qui la hantait quand elle pensait à la mort de Wayne : il s'était retrouvé seul, au milieu de l'océan, pris dans la tempête qui grondait autour de lui, sans aucune chance d'être secouru. Avait-il fini par perdre espoir ? L'angoisse l'avait-elle envahi quand il avait compris qu'il se noyait ?

Soudain, elle fut submergée par une vague de chagrin et de détresse qu'elle ne put contenir. Des larmes jaillirent, inondant ses joues et un sanglot lui échappa tandis que Jake la contemplait, horrifié. La gêne la paralysait, mais elle ne se maîtrisait plus. Incapable de réprimer les sanglots qui la secouaient, elle enfouit son visage entre ses mains car elle ne pouvait supporter que son patron la voie se laisser aller ainsi. Même si elle se jugeait ridicule et s'il pensait que pleurer sur quelqu'un qu'on connaît à peine était une réaction typiquement féminine et bien trop sentimentale.

Soudain, elle se sentit attirée par deux bras puissants et se retrouva serrée contre Jake dans une étreinte qu'elle trouva si confortable qu'elle en fut troublée. Elle était loin de s'attendre à un tel geste de la part d'un homme aussi réservé. Mais cela ne fit que redoubler ses sanglots.

— Allons, allons…, dit-il en lui tapotant le dos tandis qu'elle sanglotait sur sa chemise, accrochée aux revers de sa veste. Calmez-vous. Craig a bien vécu, sans regrets. Il n'aimerait pas vous voir pleurer sur lui. Les larmes, ce n'était pas sa tasse de thé.

Abby renonça à lui expliquer qu'elle ne pleurait pas sur Craig, mais sur la façon dont il était mort : tout seul.

En sentant Jake l'attirer plus près encore, elle fit un gros effort pour reprendre ses esprits. Sans doute essayait-il seulement de la réconforter, mais, soudain, elle se sentit très mal à l'aise : elle venait de réaliser qu'elle se trouvait merveilleusement bien et qu'elle avait très envie de nouer les bras autour de son cou puis de se blottir contre lui, contre ce corps tiède si solide, si viril et…

Et après, Abby ? Te rendre plus ridicule encore ? Par pitié, ma fille, ressaisis-toi !

Elle respira un grand coup, lâcha la veste de Jake et fit un pas en arrière en ravalant un dernier sanglot.

— Excusez-moi, dit-elle en rougissant avant d'attraper une poignée de mouchoirs en papier dans une boîte posée sur le plan de travail de la cuisine.

Après s'être mouchée, elle leva les yeux et constata que Jake s'était empressé de faire retraite de l'autre côté du comptoir.

— Je vous ai gêné… Mais c'est seulement…

Un instant, elle fut tentée de se confier à Jake, de lui parler de la mort tragique de Wayne, puis elle y renonça. À quelqu'un d'autre, elle aurait peut-être cherché à expliquer pourquoi la mort solitaire de Craig l'avait à ce point bouleversée. Mais Jake n'invitait guère aux confidences et il ne lui avait jamais demandé comment était mort son mari.

Même s'il l'avait prise dans ses bras, il n'éprouvait pas le moindre intérêt pour elle. Elle n'était qu'une employée qu'il payait pour tenir sa maison. Son intendante. Sa femme de ménage, pour dire les choses plus simplement.

Craig l'avait traitée de façon très différente. Il s'était réellement intéressé à sa vie, même si elle ne lui avait pas dit toute la vérité parce qu'elle était passée maître dans l'art de dissimuler les pans les plus douloureux de son passé. En parler ne lui aurait rien apporté.

— Le fait est que j'aimais vraiment beaucoup votre oncle, reprit-elle pour tenter de justifier ce débordement d'émotion.

— Il devait vous aimer beaucoup, lui aussi.

— Je pense, oui.

— Vous ne m'avez pas demandé ce qu'il vous a laissé, répondit Jake sans la quitter des yeux.

— Des livres, je suppose.

— Non, pas des livres. Des biens plus matériels. Il ne vous a rien légué directement, mais il m'a écrit une lettre contenant des instructions sur ce qu'il voulait vous donner.

— C'est un peu… bizarre.

— Je suis de votre avis, mais Craig n'a jamais rien fait comme tout le monde. Terminons d'abord notre café avant qu'il refroidisse et je vous expliquerai tout.

Il leva sa tasse et elle fit de même, avalant son café à petites gorgées d'un air pensif. Une boisson chaude, il n'y avait rien de mieux pour se calmer. Et elle en avait besoin, songea-t-elle en se rappelant qu'elle avait failli s'abandonner dans les bras de son patron.

— J'aurais voulu assister à ses obsèques, dit-elle au bout d'une minute ou deux. A-t-il été enterré ou incinéré ?

— Enterré. Au cimetière de Rookwood.

Elle ne savait pas trop où c'était, et comme elle n'avait pas de GPS, elle se perdait souvent.

— J'aimerais aller sur sa tombe pour lui témoigner mon respect et dire une prière. Pourriez-vous m'y emmener ? demanda-t-elle sans réfléchir.

Jake poussa un soupir qui prouvait qu'il n'en avait aucune envie.

— Oui, mais pas avant samedi prochain, répondit-il d'un air résigné. Et maintenant, désirez-vous savoir ce que Craig m'a demandé de vous transmettre ?

— Oui. De quoi s'agit-il ?

— D'abord, il a voulu que je vous achète une voiture neuve. Petite et élégante, avec une garantie solide.

— Mais ça ne me semble pas normal, protesta-t-elle en rougissant de confusion. Naturellement, j'aimerais bien avoir une autre voiture, mais pourquoi serait-ce à vous de me l'offrir ?

— Parce que c'est son argent : il m'a laissé la plupart de ses biens, un héritage considérable, croyez-moi. Ce n'est donc pas beaucoup me demander que de vous en rétrocéder une toute petite partie.

— Pourquoi ne m'a-t-il pas simplement légué une somme d'argent par testament ?

— Je n'en sais rien. Apparemment, il craignait que vous ne le dépensiez pas pour vous, mais pour vos proches.

— Je suppose que c'est parce que je lui avais dit que j'avais pris en charge l'opération de Timmy.

— Il n'a rien dit de tel. Qui est Timmy ?

— Le fils de ma sœur qui est mère célibataire et n'a pas de mutuelle. Timmy devait être opéré des amygdales, mais à l'hôpital public, il lui aurait fallu attendre dix-huit mois. Comme elle ne pouvait pas payer cette opération, je l'ai prise en charge.

— Je vois…, lança-t-il sur un ton teinté de scepticisme.

Abby sentit la colère l'envahir et chasser la gêne qu'elle éprouvait.

— Je vous en prie, ne prenez pas ma sœur pour une assistée. Elle fait de son mieux, compte tenu des circonstances. Elle ne m'a rien demandé, c'est moi qui le lui ai proposé. Votre oncle s'est mépris à son sujet.

— Peut-être, mais ça n'a plus d'importance et je me dois de suivre ses instructions. Il s'est montré très précis concernant la voiture. D'autre part, je dois vous remettre vingt-cinq mille dollars. Pour votre voyage.

Abby écarquilla les yeux.

— Vingt-cinq mille dollars… Mais c'est énorme, beaucoup trop ! Que vont raconter les gens ?

— On s'en fiche, répondit Jake avec agacement. Je ne vois pas qui s'y intéresserait.

— D'abord ma sœur. Elle va croire que j'ai fait quelque chose que je n'aurais pas dû avec votre oncle pour qu'il me laisse une somme pareille !

— Alors, je vous suggère de ne rien lui dire de ce cadeau inattendu.

— Une voiture neuve, c'est plutôt difficile à cacher !

— Exact, mais que voulez-vous que j'y fasse ? Que je ne respecte pas les instructions de mon oncle ?

— La voiture neuve, ça m'est un peu égal, dit Abby en le fixant de ses grands yeux verts, mais l'argent pour le voyage… Voyager, découvrir le monde, c'est mon vœu le plus cher et j'aimerais le réaliser avant d'être trop vieille.

— Ce n'est pas près d'arriver, déclara Jake en riant.

— Mais ce sera le cas quand j'aurai réussi à économiser vingt-cinq mille dollars.

— Je vous paie donc si chichement ?

— Non, mais je possède une maison et j'ai des tas de factures à régler. Par ailleurs, j'ai dû emprunter pour régler le dentiste.

— Vous avez une hypothèque ?

— Non. L'assurance de mon mari a remboursé notre emprunt logement. Mais entretenir une maison revient très cher.

— Expliquez-moi tout ça, répondit-il en esquissant un sourire, le premier ce matin-là.

À la télé, il était très souriant, mais dans la vraie vie, très peu. Abby aurait bien aimé qu'il sourie davantage parce que ce sourire transformait le beau gosse en être humain. Malheureusement, son sourire mit Abby dans un état qu'elle eut du mal à définir. Elle sentit son estomac se nouer, et en regardant la bouche de Jake, elle se mit à imaginer des choses… inavouables. Par exemple, qu'est-ce qu'elle ressentirait s'il l'embrassait ? Et pas seulement sur la bouche.

Pourtant, cela ne lui ressemblait pas du tout. Elle n'avait jamais beaucoup apprécié le sexe, contrairement à sa sœur qui ne pouvait vivre sans. Le sexe avec Wayne, c'était bien, mais sans rien d'extraordinaire. Il était demandeur et elle voulait lui faire plaisir, parce qu'elle l'aimait. Pour elle, cela faisait partie de l'amour. Et du mariage. Mais le sexe pour le sexe, très peu pour elle. Pourtant, en regardant Jake, elle ne pouvait s'empêcher de se dire que lui, il saurait sans doute la faire changer d'avis.

Hélas, inutile d'y penser. D'abord, il avait déjà une petite amie, une fille superbe. Et puis c'était son patron, donc impossible. D'ailleurs, il ne s'intéressait pas du tout à elle, elle le sentait.

— J'ai encore du mal à réaliser, dit-elle en chassant ces pensées stupides. Dans un sens, c'est comme un rêve qui deviendrait réalité. Mais jamais je ne me remettrai que votre oncle soit mort comme ça, tout seul.

— Réfléchissons..., répondit Jake sans plus sourire, de nouveau très homme d'affaires. Samedi prochain, je pourrais vous emmener le matin sur la tombe de Craig et, ensuite, acheter une voiture. Il y a un concessionnaire à Parramatta, pas loin du cimetière de Rookwood. Voulez-vous que je vous aide à choisir ou préférez-vous vous débrouiller toute seule ?

— Euh... Je ne sais pas trop, commença-t-elle, troublée qu'il veuille tout organiser aussi vite. Je ne suis pas une passionnée de voitures, mais puisque c'est pour moi, je vais déjà regarder un peu sur Internet.

— Vous devriez choisir un modèle facile à entretenir et à réparer. Une Japonaise ou une Coréenne.

— Très bien.

Il avait l'air de savoir de quoi il parlait, et elle, elle n'y connaissait rien.

— Sur quel compte dois-je virer les vingt-cinq mille

dollars ? Le même que pour votre salaire, ou voulez-vous ouvrir un autre compte pour le voyage ?

En l'entendant et à sa grande surprise, Abby sentit les larmes lui monter aux yeux.

— Vous n'allez pas vous remettre à pleurer.

Elle se mordit les lèvres pour se ressaisir.

— Désolée, murmura-t-elle. D'habitude, je ne me transforme pas si facilement en fontaine.

C'était vrai, elle réussissait en général très bien à se contrôler. Autrefois, elle avait tellement pleuré, et si souvent. Mais c'était fini. Elle releva le menton en fixant sur son patron un regard frondeur.

— J'aime mieux ça, déclara Jake.

Abby eut envie de le gifler. Comment avait-elle pu être sexuellement attirée, même un instant, par cet être horrible ?

— Vous devriez rentrer chez vous, poursuivit-il sur le même ton brusque. Vous avez l'air fatiguée. Appelez-moi quand vous vous serez décidée pour une marque de voiture et je prendrai rendez-vous pour samedi. Vous me direz aussi sur quel compte vous voulez que je verse l'argent.

— D'accord. Au revoir, répondit Abby d'un ton sec.

Elle s'empressa de ranger ses affaires et de s'éclipser avant de dire ou de faire quoi que ce soit qui risquerait de lui faire perdre son emploi. Ou le legs de Craig.

Elle faillit claquer la porte en sortant, mais réussit à se contenir. Elle se contenta de fermer d'un geste brusque la portière de sa voiture et accéléra plus violemment que d'habitude. Mais elle finit par ralentir. Pas question de se comporter comme une folle et de risquer sa vie à cause de cet imbécile.

Pense à ta nouvelle voiture. Et à ce merveilleux magot.

Certes, c'était bien triste que Craig soit mort, songea-t-elle en soupirant, mais la vie continuait, et si on ne cherchait pas à la prendre de façon positive, on devenait fou.

Toutefois, une nouvelle idée vint la tourmenter : que raconter au juste à Megan ? Comme elle l'avait dit, elle ne pourrait lui dissimuler sa nouvelle voiture. Mais peut-être valait-il mieux ne pas lui parler de l'argent. Cela risquait de la rendre jalouse et suspicieuse.

Elle se fit la grimace dans le rétroviseur. Elle avait horreur de mentir à Megan, mais il le fallait. Décidément, même quand la vie semblait vous sourire, rien n'était facile.

— Tu t'en es bien tiré, marmonna Jake en sortant une bouteille de rouge de sa cave à vins. J'ai bien aimé la façon dont tu as réussi à la tenir à distance.

De toute manière, que pouvait-il faire d'autre quand elle s'était mise à pleurer ? Sa raison lui suggérait de rester impassible, mais, décemment, il fallait bien la réconforter.

Grosse erreur. Dès l'instant où elle s'était retrouvée dans ses bras, toutes ses bonnes intentions s'étaient envolées, laissant place à un désir si puissant qu'il avait dû faire appel à toute sa volonté pour ne pas la plaquer contre lui. Il n'avait pas eu envie de lui tapoter le dos ni de lui prodiguer des paroles apaisantes, mais de lui relever le menton pour baiser ses joues mouillées de larmes.

Heureusement, il n'avait pas cédé parce qu'elle n'aurait certainement pas capitulé, comme dans ses rêves les plus éhontés. Elle l'aurait giflé et elle aurait démissionné. Parce qu'il ne lui plaisait pas tellement, il le savait.

Voilà qui aurait dû le soulager puisqu'il avait décidé de ne jamais tenter de la séduire. Pourtant, son indifférence l'exaspérait. Et il se sentait jaloux de son affection pour Craig, ce qui était particulièrement pervers.

Merci, Craig… Le samedi suivant, il allait accompagner Abby sur la tombe de son oncle, puis il irait lui-même lui acheter une voiture. En personne. Pas moyen d'y échapper, songea-t-il en contemplant l'étiquette de la bouteille qu'il venait de sortir. Une de ses préférées : un shiraz de Clare Valley. Très bien. Il avait bien besoin de boire un verre, alors autant que ce soit du bon. Le temps où il buvait de la piquette, quand il était encore à la fac, était révolu. Des jours heureux, pourtant. Sans soucis. Mais aujourd'hui ?

Il porta le verre à ses lèvres et avala une bonne gorgée. Aujourd'hui, il n'était plus tellement heureux ni si insouciant. Comme s'il se sentait en danger. Autrefois, il avait aimé le danger, alors qu'aujourd'hui, il ne s'agissait plus de danger physique, mais de la peur d'éprouver une émotion trop intense. Incontrôlable.

Jake n'aimait pas ce genre d'émotion qui vous faisait agir d'une façon qui tournait toujours au désastre. Il emporta la bouteille et le verre dans la cour où il les posa sur une jolie petite table ronde en verre avant de s'asseoir.

Quand son téléphone sonna, il vit que c'était Olivia. Comme il n'avait aucune envie de parler, ni à elle ni à quiconque, il laissa sonner sans répondre et reprit son verre.

3.

À peine arrivée chez elle, Abby appela Megan. Pas question de remettre à plus tard l'annonce de la bonne nouvelle au risque d'accroître la suspicion de sa sœur.

— Salut, ma puce, répondit Megan, employant un terme qui amenait souvent les gens à croire qu'elle était l'aînée, bien qu'Abby ait quinze mois de plus qu'elle.

Abby s'était dit qu'elle devait manifester sa joie, mais elle redoutait un peu la réaction de Megan.

— Tu ne devineras jamais ce qui m'arrive, dit-elle en posant son sac avant de se laisser glisser dans un fauteuil.

— Une bonne nouvelle, à t'entendre.

— Excellente même.

Abby se lança dans le récit de sa journée et mentionna la voiture sans rien dire de l'argent destiné à son voyage. Naturellement, elle ne raconta pas qu'elle avait fondu en larmes, ni que Jake l'avait prise dans ses bras.

— Ça alors ! s'exclama Megan, stupéfaite, mais sans formuler la moindre hypothèse sur ce que sa sœur avait dû faire à Craig pour mériter un legs si généreux.

Peut-être sentait-elle instinctivement qu'Abby n'aurait jamais eu une relation sexuelle avec un homme dont elle n'était pas amoureuse. Wayne avait été son premier et son seul amant.

— Quelle chance tu as ! s'exclama-t-elle sans la moindre trace de jalousie dans la voix. Une voiture neuve ! Et c'est ton patron en personne qui va te l'acheter ! Tu as bien dit samedi prochain ?

— Oui, samedi.

— C'est un sacré cadeau que son oncle t'a fait. Et tu dis que tu le connaissais à peine ? Il devait être terriblement riche ?

— Sans doute. Jake dit qu'il hérite d'une petite fortune et que ça ne le gêne pas du tout de m'acheter cette voiture.

— C'est quand même gentil de sa part. Je suppose que légalement, rien ne l'y oblige.

— Peut-être, mais il prétend que jamais il n'irait contre la volonté de son oncle.

— As-tu vu la lettre qu'il lui a laissée ?

— Non, mais pourquoi mentirait-il ?

— Peut-être bien qu'il a un petit faible pour toi ?

— Ne sois pas stupide. Pourquoi aurait-il un faible pour moi alors qu'il a une petite amie superbe ? Mais puisque je vais avoir une voiture neuve, veux-tu que je te donne l'ancienne ? Elle a des kilomètres au compteur, mais elle roule. Wayne avait changé le moteur peu avant sa mort.

— J'accepte avec grand plaisir. Merci beaucoup.

— Jake va m'emmener sur la tombe de son oncle, ajouta Abby sans réfléchir.

Il y eut un silence éloquent à l'autre bout de la ligne.

— Vraiment ? répondit enfin Megan. Et pourquoi ?

— C'est moi qui le lui ai demandé, déclara Abby, furieuse contre elle-même. Avant que tu ne sautes à la conclusion, sache que nous nous arrêterons au cimetière en allant chez le concessionnaire automobile à Parramatta car c'est sur le chemin. Et si tu crois qu'il a un faible pour moi, tu te trompes.

— C'est ce qu'on verra, mon petit chou.

— Oh ! par pitié !

— Tu t'es toujours sous-estimée, Abby. Même avec tes dents abîmées, tu étais superbe. Et maintenant qu'elles sont parfaites, tu es une vraie bombe. Sans parler de ta silhouette de star.

— Arrête, je t'en prie.

— Mais c'est vrai. C'est à cause de ton corps que Wayne

s'est toujours montré si possessif envers toi et qu'il n'a plus voulu que tu travailles une fois mariée. Il ne voulait pas que les autres hommes en profitent.

Abby aurait bien voulu le nier, mais au fond de son cœur, elle savait que sa sœur disait vrai. Wayne s'était toujours montré très possessif, et dès le début, il avait tenu à la garder pour lui, ce qui d'ailleurs convenait parfaitement à Abby. Elle n'aspirait à rien d'autre qu'à être sa femme et la mère de ses enfants, et elle avait été trop heureuse d'arrêter de travailler, ne serait-ce que pour ne plus montrer à tout le monde ses horribles dents. Mais les années avaient passé et la chambre d'enfant était restée vide.

— C'est sans doute pour ça qu'il n'a jamais voulu que tu te fasses arranger les dents, poursuivit Megan. Il avait trop peur de te perdre.

— Ridicule ! protesta Abby. C'est parce que ça aurait coûté trop cher alors que nous avions déjà un gros emprunt immobilier. Et surtout parce qu'il m'aimait, même avec mes dents affreuses. Tu me fais rire : même si j'étais devenue la plus belle femme du monde, jamais je n'aurais quitté Wayne. Je l'aimais.

— Vraiment, Abby ? Tu ne crois pas plutôt que tu étais contente qu'il t'aime au point d'en être complètement obsédé ? C'était tellement flatteur !

— J'aimais vraiment Wayne, et si nous avions eu des enfants, nous aurions été parfaitement heureux.

— Si tu le dis…

— Je le dis. Et je n'ai plus envie de parler de lui. Je ne savais pas que tu le détestais à ce point.

— Je ne le détestais pas, mais je pensais simplement qu'il n'était pas assez bien pour toi. Tu mérites mieux que lui.

Abby se sentit à la fois flattée et frustrée.

— Et qui donc, Megan ? Le prince charmant ?

— Pourquoi pas ? Permets-moi de te dire une chose, ma puce. Si tu t'achetais des vêtements neufs et si tu te maquillais un peu, tous les hommes en auraient la langue pendante. Y compris ton beau gosse de patron.

Abby, qui n'avait aucune envie de raconter à Megan son délire au sujet de Jake, se contenta de rire.

— Ris tant que tu voudras, on verra bien, ajouta Megan. À propos de ton patron, tu as regardé son show aujourd'hui ?

— À peine. J'étais trop occupée.

— Il interviewait Maddie Hanks. Tu sais, cette actrice australienne qui triomphe à Hollywood…

— Je vois. Elle jouait une esclave dans une série biblique.

— Exactement. Elle flirtait grave avec lui. Elle est canon et il avait l'air ravi, les yeux rivés sur son décolleté, même si ses seins n'ont pas l'air très authentiques. Je ne serais pas étonnée qu'on les voie bientôt ensemble.

Abby leva les yeux au ciel. Sa sœur aimait tant les indiscrétions qu'elle voyait le mal partout.

— Jake a déjà une petite amie superbe, tu sais, la présentatrice du journal.

— Ça ne l'empêchera pas de mettre la main aux fesses de Mlle Hanks.

— Elle n'est pas son genre, rétorqua vivement Abby.

— Qu'est-ce que tu en sais, toi, mademoiselle J'ignore-tout-de-mon-beau-gosse-de-patron ? Tu me caches quelque chose ?

— Mais non ! s'écria Abby en pensant au moment où Jake l'avait prise dans ses bras. Écoute, je n'adore pas ce type, mais il est plutôt sympa.

— Sympa ? Il joue la comédie. Quand un homme est tenté, il est prêt à tout.

— Allons, Megan, dès qu'il est question d'hommes, tu te montres tellement cynique !

— J'ai mes raisons.

Ce qui était vrai. Le père de Timmy n'avait pas été le premier à traiter sa sœur d'une horrible façon. Avant de devenir mère célibataire, elle avait rencontré quelques hommes qui lui avaient joué la comédie pour obtenir ce qu'ils voulaient avant de disparaître ensuite. Sans parler du salaud qui, après l'avoir mise enceinte, l'avait lâchement abandonnée quand il avait découvert qu'il n'avait aucun don pour la paternité.

— J'espère que tu vas faire un effort de présentation pour sortir avec ton patron samedi prochain.

— Mais ce n'est pas un rendez-vous !

— Tu ne vas quand même pas mettre ta tenue de travail !

— Je ferai de mon mieux.

— J'espère bien. Quand Jan va savoir ça, elle sera verte de jalousie.

Jan était la voisine de Megan, mère célibataire comme elle. C'était pour rester auprès d'elle que Megan n'était pas venue vivre avec sa sœur. Abby ne l'adorait pas, mais c'était une amie sincère et Megan et elle se ressemblaient beaucoup. Toutes deux étaient faciles à vivre, mais très désordonnées. Abby avait été soulagée que Megan refuse son offre de venir vivre chez elle avec Timmy. En moins d'une semaine, sa négligence l'aurait rendue folle.

— Jan va sûrement croire qu'il s'est passé quelque chose entre l'oncle de Jake et moi.

— Mais non. Pas comme si c'était moi !

— Allons, tu n'es pas si horrible que ça !

— Mais si. Je ne suis pas une sainte, contrairement à toi. Enfin, il faut te rendre justice, pour une fois, la vertu est récompensée. Tu as su plaire à ce vieux richard, sans doute en lui préparant tes fameux sablés aux amandes.

Abby se tut, gênée. Effectivement, elle s'était mise en quatre pour l'oncle Craig, d'autant plus que cela faisait longtemps qu'elle n'avait plus eu l'occasion de cuisiner pour quelqu'un. Tenir la maison de Jake était un travail plutôt impersonnel et elle avait été très contente de faire de la pâtisserie pour un homme qui la mangeait avec plaisir.

— C'est bien ça, n'est-ce pas ? demanda Megan en riant. Rien d'étonnant à ce qu'il ait pensé à toi avant de mourir. Tes gâteaux sont trop riches, mais tellement délicieux. La prochaine fois que tu en feras, pense à Timmy. Et maintenant, il faut que j'aille récupérer mon petit diable chez la voisine. Appelle-moi demain soir. Je te laisse. Bises.

— Je t'embrasse.

Après avoir reposé son téléphone, Abby s'assit en repensant à ce que Megan lui avait dit au sujet de son mariage avec Wayne. Oui, son mari l'avait aimée davantage qu'elle ne l'aimait, même si elle l'appréciait vraiment, mais sans passion. Ses sentiments pour Wayne relevaient davantage d'une profonde amitié et d'une éternelle gratitude que de cette passion sexuelle qui semblait visiblement animer certaines personnes. Sans doute s'était-elle sentie flattée par l'amour possessif qu'il lui témoignait et par son insatiable désir. Après sa seconde fausse couche, elle aurait souhaité prendre la pilule pour laisser son corps prendre un peu de répit, mais Wayne avait refusé en disant qu'il ne fallait pas contrarier la nature. Il lui avait promis de s'abstenir durant un certain temps, mais cela n'avait pas duré, évidemment. Jamais il n'avait été capable de contrôler son désir et elle n'avait jamais pu se refuser à lui parce qu'il en avait vraiment besoin, elle le sentait.

Dans l'amour, Abby appréciait les câlins et les baisers, aimant se blottir entre les bras solides de Wayne, mais, en soi, l'acte sexuel ne lui apportait pas grand-chose, contrairement à Megan qui proclamait qu'elle ne pourrait pas vivre sans. Abby n'avait jamais vraiment joui, et comme Wayne en était désolé, elle avait fini par faire semblant.

Quelques mois après sa deuxième fausse couche, elle était retombée enceinte, et une fois de plus, sa grossesse s'était terminée au bout de trois mois. Elle avait alors décidé de prendre la pilule en cachette de Wayne, et elle la prenait encore maintenant, ayant découvert que cela la soulageait de ses douleurs prémenstruelles.

Au fond, elle était contente de pouvoir ainsi contrôler son corps, et sa vie. La mort de Wayne l'avait dévastée et elle avait mis des mois à reprendre le dessus. Mais à la fin, elle s'en était sortie et elle allait de l'avant. Désormais, grâce à la merveilleuse gentillesse de Craig et à sa générosité, elle pourrait aller plus loin encore. Jake n'aurait aucun mal à trouver une nouvelle intendante.

En pensant à lui, elle se souvint de ce que Megan avait dit à son sujet et au sujet des hommes en général. Sa vision du sexe opposé était moins sombre que celle de sa sœur, mais elle n'était pas pour autant stupide et elle saurait reconnaître un salaud si elle en croisait un. Mais Jake Sanderson n'était pas un salaud.

Pourtant, il avait d'autres défauts : il était arrogant et égocentrique. Il avait horreur de s'engager, d'où ce défilé incessant de jolies filles. Mais pour autant, il ne les trompait pas, et elle ne pouvait l'imaginer en train de passer la nuit avec une prétendue actrice alors qu'il avait une liaison avec une superbe journaliste. La vie privée de son patron avait beau ne pas la regarder, Abby aurait été écœurée d'apprendre qu'il s'était comporté de cette façon. Pourtant, elle se sentait un peu déprimée à l'idée qu'en ce moment même, il avait peut-être rendez-vous avec Maddie Hanks, et qu'ensuite il la ramènerait chez lui pour y passer la nuit.

Elle se dit que si cela se produisait, elle s'en rendrait compte dès qu'elle arriverait, le lendemain matin. Elle connaissait le parfum de sa petite amie habituelle, plutôt lourd et musqué, assez difficile à supporter. Au cours de ces dernières semaines, elle l'avait régulièrement senti tous les deux jours, et presque tous les lundis, après le week-end.

Mais pas le lundi précédent, songea-t-elle, ce qui l'amena à se demander s'ils avaient rompu. Peut-être était-ce pour cette raison qu'il s'était intéressé à Maddie Hanks pendant son show. Les hommes du genre de Jake ne pouvaient rester longtemps inactifs et, d'ailleurs, ils n'en avaient pas le loisir : ils avaient des cohortes de femmes à leurs trousses – des femmes à succès, belles et sexy qui connaissaient tout de l'amour et n'avaient jamais besoin de simuler. Un juron lui échappa tandis qu'elle pénétrait dans sa petite cuisine immaculée. Elle ouvrit le congélateur plein de plats préparés pour une seule personne et attrapa un *chili con carne* qu'elle plaça dans le micro-ondes pour le réchauffer en se répétant que la vie sexuelle de son patron ne la concernait pas. Vraiment pas.

— Qu'il couche avec qui lui plaira, dit-elle d'une voix moins sereine que d'habitude. Du moment qu'il me donne tout ce qu'il m'a promis aujourd'hui.

Ce soir-là, Jake attendit 21 heures pour appeler Olivia, sachant par expérience qu'il valait mieux la laisser se reposer un peu après son retour chez elle. Après avoir présenté les nouvelles entre 18 et 19 heures, elle buvait souvent un verre sur le quai pour se détendre avant de prendre le ferry pour rentrer.

Le téléphone sonna plusieurs fois avant qu'elle ne décroche.

— Salut, bel indifférent, dit-elle sur un ton plutôt acerbe. Pourquoi ne m'as-tu pas répondu quand je t'ai appelé tout à l'heure ?

— Je n'étais pas d'humeur à bavarder.

— Tu m'en veux de ne pas t'avoir accompagné aux obsèques de ton oncle ?

— Non. Je ne m'attendais pas à ce que tu annules un rendez-vous pris des semaines avant le décès de Craig.

Olivia et cinq de ses copines avaient réservé dans un hôtel des Blue Mountains le vendredi précédent pour enterrer la vie de jeune fille de l'une d'entre elles.

— Hier soir, je suis rentrée à 20 heures. Pourquoi ne m'as-tu pas appelée ? Tu aurais pu au moins m'envoyer un texto.

Jake fut pris de court. Jusque-là, leur relation n'avait pas exigé d'échanges permanents. Ils étaient amants, mais pas amoureux.

— Tu m'avais dit que tu coupais toujours ton téléphone pendant le week-end, lui rappela-t-il. Rien ne t'empêchait de m'appeler hier soir après être rentrée chez toi.

— J'étais fatiguée.

— Dis plutôt que tu avais la gueule de bois.

— C'est vrai… Mais tu aurais pu m'appeler ce matin.

— Tu sais bien que le matin, je suis toujours très occupé par la préparation de mon show.

— Ton show, justement, parlons-en. Il se trouve que je l'ai regardé aujourd'hui… Tu avais les yeux rivés sur les seins de cette actrice. Tu sais pourtant que c'est du faux !

Jake n'en crut pas ses oreilles. De la jalousie ? Horreur !

— Je te ferais remarquer que ses seins étaient plutôt dans le viseur du cameraman.

— Ce n'est pas exactement ma perception des choses. Et rappelle-toi que tant que tu sors avec moi, Jake chéri, tu peux regarder tout ce que tu veux, mais pas toucher.

— Je te trouve bien possessive, rétorqua-t-il sur un ton menaçant.

Après un court silence, Olivia éclata soudain de rire.

— Mais non, je plaisantais ! Seuls les aveugles ne sont pas fascinés par les seins de Maddie Hanks, et on la paie très cher pour qu'elle les montre. Alors, quand est-ce qu'on se revoit ? On pourrait dîner en ville demain soir. Au Café Sydney ?

Si Jake acceptait, Olivia voudrait passer la nuit chez lui, et il n'avait aucune envie de coucher avec elle. Pour tout dire, il avait été ravi qu'elle parte en week-end. Après les obsèques de Craig, il avait seulement envie d'être seul.

— Impossible…, répondit-il avec une froideur qui exprimait exactement ce qu'il ressentait à l'égard d'Olivia.

Il ne pouvait s'empêcher de la comparer à Abby qui avait pleuré dans ses bras cet homme qu'elle connaissait à peine avant même de savoir ce qu'il lui avait laissé. Olivia semblait très féminine, mais elle était incapable de la moindre compassion et pouvait lire les nouvelles les plus tragiques sans verser une larme.

— Pourquoi ? demanda-t-elle, visiblement très contrariée.

— En ce moment, je n'ai pas envie de sortir. La mort de Craig m'a bouleversé.

— Justement, ça te ferait du bien de voir du monde.

— Non.

— Tu sais, tu m'as manqué…, lança-t-elle sur un ton enjôleur. Dans ce cas, pourquoi ne pas passer la soirée chez toi, tous les deux ? On se fera livrer le dîner.

— Olivia, tu ne m'as pas bien compris. Je n'ai pas envie de compagnie. Ne t'en offusque pas, je te rappellerai un peu plus tard dans la semaine. On pourra sortir samedi soir.

— Pourquoi pas vendredi ?

— Je suis pris samedi matin.

— Qu'est-ce que tu fais ?

Jake soupira. Il était devenu expert dans l'art de détecter le moment exact où ses petites amies commençaient à exiger davantage qu'il n'avait envie de leur donner. Durant le week-end, les choses avaient changé, il le sentait. Sans doute à cause de cette amie d'Olivia qui allait se marier.

— Écoute, Olivia, je...

— Tu m'as l'air bien sérieux tout à coup, coupa-t-elle sur le ton de la plaisanterie. Rappelle-toi que nous nous étions juré de ne jamais nous prendre au sérieux.

— C'est toi qui as commencé...

— Je sais, j'ai eu tort de me montrer jalouse de cette actrice, mais il ne faut pas me blâmer. J'ai l'esprit de compétition chevillé au corps et je n'ai pas aimé la façon dont elle te regardait. Comme si elle allait te dévorer tout cru.

— Olivia, je n'ai rien à faire de Maddie Hanks. C'était une interview, point barre.

— Excuse-moi. Tu me pardonnes ?

Que répondre ?

— Il ne faut pas m'en vouloir, Jake.

— Je ne t'en veux pas.

— Tant mieux. Parce que j'ai terriblement envie de faire l'amour. Je ne peux pas me passer de toi, Jake.

Une semaine plus tôt, cela aurait fait rire Jake qui avait toujours aimé les grivoiseries d'Olivia et son besoin insatiable de faire l'amour. Mais là, il avait soudain l'impression d'être réduit à la fonction d'étalon. Pourtant, il aurait dû être soulagé car il n'attendait rien d'autre d'une femme, n'est-ce pas ?

Soudain, l'image d'une autre femme envahit son esprit. Une femme aux grands yeux adorables baignés de larmes, une femme qui n'aurait jamais prononcé ces mots-là.

— Désolé, Olivia. En ce moment, je n'ai pas la tête à ça.

Son silence témoigna du choc qu'elle éprouvait à se sentir rejetée et Jake comprit que c'était le commencement de la fin. Olivia allait le regretter, mais mieux valait rompre tant qu'ils étaient encore amis.

— Peut-être vaudrait-il mieux t'adresser à quelqu'un d'autre, ajouta-t-il d'une voix tranquille en espérant qu'il n'aurait pas besoin de préciser son message.

— Comme tu l'as déjà fait, Jake. Je te connais, tu as toujours envie de sexe. Alors, il y a quelqu'un d'autre, n'est-ce pas ?

Il avala une gorgée de vin.

— Non, répondit-il d'une voix lasse. Il n'y a personne.

Ce n'était pas un mensonge, même s'il ne pouvait chasser l'image d'Abby en pleurs.

— Dans ce cas, qui dois-tu voir samedi matin ?

— Si ça t'intéresse vraiment, je dois emmener Abby acheter une voiture, répondit-il tout en devinant ce que cela allait déclencher.

Mais il s'en moquait. Tout ce qu'il voulait, c'était se débarrasser définitivement d'Olivia.

— Quelle Abby ?

— Abby Jenkins. Mon intendante. Craig m'a demandé dans son testament de lui acheter une voiture.

— Pourquoi ?

— Apparemment, durant son séjour chez moi, il l'a trouvée très gentille.

— Dans quel sens du terme ?

Comme elle était prévisible !

— Dans le sens ordinaire, j'imagine. C'est une gentille fille.

— Une gentille *fille* ! Tu m'avais bien dit qu'elle était veuve ?

— C'est vrai. Son mari est mort très jeune.

— Je vois. Elle a quel âge, au juste ?

— Vingt-sept ans.

— Tu ne m'avais jamais dit qu'elle était si jeune, déclara Olivia sur un ton accusateur.

— Maintenant, tu le sais.

— Et elle est jolie ?

— Olivia, je n'aime pas la tournure que prend cette conversation.

— Je te demande seulement de me répondre.

— Olivia est très jolie.

— Je m'en doutais, sinon tu ne l'aurais pas engagée. Ça fait longtemps que tu couches avec elle ?

— Je ne couche pas avec elle. Je lui parle à peine.

— Je ne te crois pas.

Il resta silencieux, mais sentit la colère monter en lui. S'il parlait, il finirait sûrement par le regretter.

— Et moi, je suis certaine que tu couches avec elle.

— Dans ce cas, mieux vaut en rester là, tu ne crois pas ?

— Effectivement, dit-elle avant de raccrocher.

Jake poussa un soupir. Il aurait mieux aimé que leur relation se termine moins abruptement, mais, parfois, c'était impossible. Dommage, car d'une certaine façon, Olivia lui convenait parfaitement. Ou plutôt, elle lui avait convenu, jusqu'à la mort de Craig qui l'avait forcé à prendre conscience qu'il désirait Abby, et depuis longtemps.

Sans aucun doute, Olivia ne manquerait pas de raconter partout qu'en rentrant de week-end, elle avait découvert qu'il couchait avec son intendante. Bien sûr, il pourrait toujours nier, mais comme il l'avait déjà constaté, cela ne ferait que renforcer la rumeur. Heureusement, elle ne risquait pas de venir aux oreilles d'Abby, et s'il ignorait ostensiblement les ragots au sein de la chaîne, la semaine d'après, cela n'intéresserait plus personne. Mais pour le moment, ce samedi et la semaine suivante n'allaient pas être faciles.

Il remit le téléphone dans sa poche et se dirigea vers la cuisine pour se faire à dîner avant d'aller se coucher. Il prit dans le congélateur deux tranches de pain aux raisins qu'il glissa dans le grille-pain tout en repensant aux accusations d'Olivia. Si seulement c'était vrai…

Sans doute pourrait-il séduire Abby s'il faisait un effort car, jusque-là, il ne s'était pas vraiment comporté comme un prince charmant à son égard. Mais l'arme était à double tranchant : c'était le genre de fille dont les hommes tombent facilement amoureux et qui leur donne envie de se marier et même d'avoir des enfants. Il frémit d'horreur à cette idée.

Maintenant, il ne lui restait plus qu'à convaincre son corps de cette évidence… Il était si occupé par le souvenir des seins d'Abby pressés contre son torse qu'il en oublia ses toasts. Des seins souples et fermes, très féminins, et il se demanda comment étaient leurs bouts : petits et roses ou grands et plus sombres. Peu lui importait d'ailleurs, du moment qu'ils étaient réactifs. En voyant où le menaient ses pensées, il s'empressa de respirer à fond.

— Quel idiot, murmura-t-il en revenant à ses toasts qui refroidissaient.

Il ne fallait pas qu'il séduise Abby, même s'il était terriblement tenté, c'était trop dangereux : même s'il réussissait à s'en tenir à une liaison passagère et dénuée de sentiments, elle n'avait pas l'expérience nécessaire pour supporter une liaison avec un homme comme lui et elle finirait par avoir le cœur brisé. Elle n'était pas aussi dure qu'Olivia, mais bien trop tendre. Ce serait méchant de briser ce cœur, et Jake n'était pas méchant, même s'il n'était pas un saint. Donc, éviter tout contact physique avec Abby, et pour commencer, se montrer particulièrement prudent samedi, quand il l'emmènerait au cimetière. S'écarter d'elle avant qu'elle ne se mette à pleurer. Ne pas la prendre dans ses bras. Éviter de trop lui parler.

Il ne pourrait pas se dispenser de l'aider à acheter sa nouvelle voiture car elle voudrait sûrement revendre son vieux tacot et elle risquait de se faire rouler par un commerçant retors. Mais une fois qu'il saurait quelle voiture lui plaisait, il allait se renseigner avant samedi par téléphone avant de la confier à un vendeur qu'il connaissait et qui lui présenterait sur-le-champ le véhicule de ses rêves. De cette façon, pas besoin de réfléchir et, avant d'avoir pu dire ouf, elle repartirait dans sa nouvelle auto, au grand soulagement de Jake et de sa conscience.

Hélas, inutile de se leurrer, jusqu'à samedi sa conscience allait être mise à rude épreuve. Tout comme ses hormones mâles ! Heureusement, il finirait par gagner la bataille et par rester raisonnable, il le savait.

Tout en mordant sauvagement dans son toast froid, il éprouva une frustration qu'il n'avait plus ressentie depuis qu'il avait séjourné à l'hôpital, incapable de se servir de sa jambe.

La vie d'un célibataire endurci n'était pas toujours aussi facile qu'on voulait bien le dire !

4.

Abby se réveilla l'estomac noué, après une nuit difficile. Peu lui importait ce qui s'était passé durant la soirée entre Jake et cette actrice et pas question de se précipiter dans sa chambre dès qu'elle arriverait chez lui. Ni d'inspecter son lit en se demandant s'il avait eu de la compagnie pendant la nuit.

Hélas, c'était pourtant exactement ce qu'elle s'apprêtait à faire. Inutile de se leurrer, sa curiosité avait été piquée par les insinuations de Megan : jamais Jake ne pourrait résister à Maddie Hanks. La veille au soir, elle avait voulu lire l'un des dix livres que lui avait offerts Craig, *Rebecca*, de Daphné Du Maurier, qui lui plaisait beaucoup. Mais elle ne pouvait s'empêcher de penser à ce que pouvait bien faire Jake et de se tourner et se retourner dans son lit bien longtemps après minuit.

Bizarrement, malgré le manque de sommeil, elle ne se sentait pas fatiguée, mais plutôt furieuse. Contre elle-même. Et plus encore quand elle se demanda comment elle allait s'habiller. Comme si cela avait la moindre importance ! songea-t-elle en enfilant un vieux jean et un T-shirt tout aussi usé d'un blanc qui virait au gris. *Aujourd'hui, il ne rentrera pas chez lui avant que tu partes. Et maintenant, arrête avec ces bêtises concernant Jake Sanderson. Il peut bien coucher avec qui il veut, ça ne te regarde pas !*

Paroles, paroles… Car que fit-elle dès qu'elle eut pénétré chez Jake ? Elle posa son sac dans l'entrée et se rua dans l'escalier qui menait à sa chambre, le cœur battant.

Une grande chambre meublée d'un vaste lit capable d'accueillir confortablement à la fois les longues jambes de Jake et toutes les copines qu'il désirait.

Abby fronça les sourcils. Se pouvait-il que ce lit ait accueilli plus d'une femme à la fois ? Ce matin, il était tellement en bazar qu'un harem entier semblait y avoir passé la nuit. Peut-être la présentatrice *et* l'actrice.

Elle s'approcha en tremblant, souleva le duvet immaculé qu'elle rabattit au pied et ôta le drap de dessus. Celui de dessous ne révéla rien, même s'il était assez froissé. Aucun parfum féminin. L'odeur de Jake, très virile, et mêlée au bois de santal de son après-rasage. Sans avoir déterminé s'il avait dormi seul, Abby passa dans la salle de bains adjacente pour compter les serviettes utilisées. S'il avait eu une invitée, elle ne s'était pas douchée ici et n'avait pas utilisé de serviette neuve. Elle poussa un soupir de soulagement.

— Je t'avais bien dit que ce n'était pas un salaud, Megan, murmura-t-elle.

Rassérénée, Abby redescendit l'escalier, reprit son sac dans l'entrée et se dirigea vers la cuisine. Elle mit en route la bouilloire avant d'aller inspecter le placard du cellier qui était vide. Elle allait revenir dans la cuisine pour se verser du café quand son téléphone sonna. En voyant l'identité de l'appelant, elle sentit son cœur bondir dans sa poitrine.

— Allô ? répondit-elle, incapable de dissimuler sa surprise. Il y a un problème ?

— Non, répondit son patron après une légère hésitation. Je me demandais si vous aviez déjà choisi un modèle de voiture. Et une couleur.

— Désolée, mais je ne m'en suis pas encore occupée.

— Ce n'est pas grave, mais pourriez-vous me le dire demain ? Comme ça, je la commanderai pour samedi. Peut-être vaudrait-il mieux, par précaution, proposer deux coloris. Le blanc est toujours un bon choix qui ne se démode pas.

— Oui, oui. Vous avez raison. Mais je préférerais bleu.

— Quel genre de bleu ? demanda-t-il en soupirant.

— Pas un bleu pâle ni turquoise. Plutôt bleu roi.

— Bleu roi. Parfait. La Hyundai i30 se fait dans un joli bleu roi. Une de mes assistantes pour le show en a une et elle l'adore. Regardez-la sur Internet et appelez-moi demain soir pour me dire ce que vous avez décidé. Et vous me direz aussi sur quel compte vous voulez que je vous verse l'argent.

— Très bien.

Il devait vraiment être pressé d'en finir avec elle, songea-t-elle, avec un léger dépit. Car contre tout bon sens et toute logique, elle commençait à se demander si elle ne nourrissait pas pour Jake des sentiments aussi vains que déraisonnables. Tout cela par la faute de Megan qui lui avait mis de folles idées en tête.

— Arrangez-vous pour que votre vieille voiture fasse bonne figure, histoire de la revendre au meilleur prix.

— Je n'envisage pas de la vendre. Je vais en faire cadeau à ma sœur qui n'a pas de voiture.

— Ah bon ?

— Cela pose problème ?

Une fois de plus, il semblait contrarié. Sans doute aurait-il préféré passer son samedi à faire autre chose que le tour des cimetières et des concessionnaires automobiles. Mais s'il voulait en terminer avec cette histoire le plus vite possible, il n'avait pas d'autre solution.

— Non, répondit-il après un long silence. Appelez-moi ce soir pour me dire si cette Hyundai vous convient et je prendrai rendez-vous. S'ils n'ont pas de bleu roi, ils auront sûrement du blanc.

— Ça n'a guère d'importance. À quelle heure puis-je vous appeler ?

Elle n'avait pas envie de le déranger en présence de sa copine, ni de n'importe qui d'autre.

— Quand vous voulez après 18 heures.

Elle fut secrètement ravie de cette réponse.

— Très bien. Merci pour tout, Jake.

— Je vous en prie. Au revoir.

Après avoir raccroché, Abby resta immobile quelques secondes, légèrement étourdie. Tout compte fait, elle allait quand même s'offrir quelques vêtements avant samedi histoire d'être au top pour acheter sa voiture neuve avec Jake. Elle irait jeudi soir, et peut-être demanderait-elle à Megan de l'accompagner. Ou pas. Sa sœur risquait de lui demander pourquoi elle s'achetait des vêtements et aussi de tenter de l'influencer dans ses choix car elle adorait tout ce qui était moulant et voyant.

Samedi, sa fierté féminine exigeait qu'elle soit à son avantage, mais sans rien de voyant.

Elle irait donc faire ses courses toute seule. Une tenue pas trop chère dans laquelle elle se sente bien. Elle ferait bien aussi d'aller chez le coiffeur se faire faire un soin et couper les cheveux. Et peut-être aussi une manucure. Mais non, ce serait trop. Elle tenait simplement à faire bonne impression, mais sans que Jake s'imagine qu'elle se mettait en frais pour lui. La veille, dans ses vieux vêtements, sans maquillage et les cheveux attachés n'importe comment, elle avait eu honte d'elle-même. Si elle voulait aller de l'avant dans la vie, il était grand temps qu'elle commence à prendre soin d'elle.

Depuis la mort de Wayne, elle s'était vraiment laissée aller. Elle se promit que ce soir, en rentrant, elle prendrait un long bain relaxant et accorderait à son corps l'attention qu'il réclamait.

Une fois tout planifié, elle se mit au travail. Le mardi après-midi, elle allait toujours au supermarché pour remplir les placards et le frigo. Quand elle avait commencé à travailler pour lui, Jake lui avait fait la liste de ce qu'il aimait, et elle veillait à ce qu'il ne se trouve jamais à court.

De temps en temps, il se faisait la cuisine, mais Abby le soupçonnait de commander surtout ses repas à l'extérieur. Souvent des plats asiatiques, à en croire les publicités posées sur le réfrigérateur et les cartons dans la poubelle. Jamais elle n'avait trouvé de traces d'un dîner cuisiné à la maison, malgré la jolie salle à manger avec sa grande table et ses huit chaises.

Il devait inviter à l'extérieur, à moins que sa petite amie n'organise des dîners pour lui chez elle. Abby se demandait si Olivia était aussi bonne cuisinière qu'elle…

Arrête immédiatement ces bêtises, Abby Jenkins. Jake est ton patron et il le restera. Inutile de penser à lui, à sa vie sexuelle, et à ce que fait ou ne fait pas sa copine. D'ailleurs, tu vas bientôt quitter ce travail pour voyager, avant d'être complètement obsédée par ce type. Tu te sens seule, voilà tout. Alors, tu vas acheter ces vêtements, et après, tu rentreras chez toi, tu appelleras Jake à 19 heures, et tu resteras parfaitement professionnelle dans tes propos.

Elle regrettait de lui avoir demandé de l'emmener au cimetière sur la tombe de son oncle, mais maintenant, c'était trop tard. Si elle changeait d'avis, il la prendrait pour une girouette. Et attention à ne pas pleurer, sinon il risquait de la prendre de nouveau dans ses bras, et alors…

Une fois rentrée chez elle, elle se sentit plus sereine. Cette attirance soudaine pour Jake n'était que la conséquence de sa solitude car en fait, Megan était sa seule amie proche. La plupart de ses voisines travaillaient en ville et n'étaient pas là de la journée, et pendant le week-end, elles étaient absorbées par les enfants et le ménage. Il lui arrivait d'être invitée à un barbecue, mais rarement. Dans le voisinage, elle n'avait qu'une amie, une veuve d'un certain âge qui avait été très gentille lors du décès de Wayne, mais qui était, hélas, terriblement cancanière. Abby avait caché à Harriet que son patron était le célèbre animateur de *Midi en Australie*, sachant qu'elle allait être bombardée de questions le concernant. Elle lui avait simplement dit que M. Sanderson – un nom assez répandu – était un homme d'affaires célibataire qui travaillait en ville et avait besoin de quelqu'un pour tenir sa maison. Harriet en avait déduit que ce devait être un drogué du travail entre deux âges, et Abby l'avait laissée dire.

Elle fut soulagée de constater que la voiture d'Harriet

n'était pas dans son allée et qu'elle ne risquait pas de la voir arriver pour boire un thé comme parfois, quand elle rentrait du travail. Elle n'était pas d'humeur à papoter.

La vie n'avait pas été tendre avec elle, songea-t-elle. D'abord ses dents qui l'avaient beaucoup tracassée, même si ses parents n'y attachaient aucune importance, sans doute parce qu'ils préféraient dépenser leur argent à acheter de l'alcool. Son père avait d'ailleurs été tué au pub dans une rixe d'ivrognes et sa mère était morte peu de temps après d'une overdose de somnifères et de gin.

Le légiste avait diagnostiqué une mort accidentelle, mais quelle importance ? De toute façon, elle n'était pas assurée.

À ce moment-là, Abby, qui avait dix-sept ans, était en terminale, mais elle avait dû arrêter ses études. Elle avait d'abord travaillé à plein temps dans un *Fish and chips* sept jours sur sept, pour pouvoir louer un petit appartement au-dessus de la boutique, pour Megan et elle. Elle avait épousé Wayne à vingt ans et enchaîné trois fausses couches qui l'avaient complètement démolie, peut-être davantage encore que quand Wayne s'était noyé. Parce que, par-dessus tout, elle voulait avoir des enfants, une famille heureuse, et être la meilleure mère du monde. Mais ce bonheur ne lui avait pas été accordé.

Des larmes tombant dans sa tasse de thé, elle redressa la tête, bien décidée à ne plus se laisser aspirer par le passé ni par aucune pensée négative. Il était temps qu'elle se fasse couler un bain et qu'elle s'occupe un peu d'elle-même, songea-t-elle en souriant à l'idée que Megan n'aurait rien dit d'autre.

À 19 heures, le cœur léger, elle prit le téléphone pour appeler Jake. Certes, elle le trouvait séduisant, mais la plupart des Australiennes aussi. Inutile de se torturer à ce propos, bientôt, elle serait au bout du monde, en train de vivre son rêve. Ce qui n'empêcha pas sa main de trembler quand elle porta l'appareil à son oreille.

— Allô, Abby, dit Jake d'une voix d'homme d'affaires

qui lui fit néanmoins battre le cœur plus vite. Vous vous êtes décidée pour un modèle ?

En fait, elle se moquait complètement de la marque et du modèle de cette voiture, même si elle était excitée à l'idée d'en posséder une neuve. Mais pas au point de se comporter comme une écolière amoureuse de son professeur.

— J'aime bien la Hyundai dont vous avez parlé. Tant pis s'ils ne l'ont pas en bleu. Une blanche fera très bien l'affaire.

— Parfait. Je passerai chez vous samedi à 10 heures. Ce n'est pas trop tôt pour vous ?

— Non, non.

S'il le lui avait demandé, elle se serait levée à l'aube.

— Alors, à samedi.

Avant qu'elle ait pu répondre, il avait raccroché.

Tétanisée, elle comprit que les jours suivants allaient être les plus longs de sa vie.

Le vendredi, Jake eut du mal à se concentrer sur la préparation de son show. Et même à s'y intéresser. Il avait mal dormi et, pour tout dire, cet éternel show quotidien commençait à l'excéder sérieusement. Il était de plus en plus décidé à le vendre pour faire autre chose de sa vie et relever un nouveau défi, si possible au-delà des océans, loin de cette fille qui l'obsédait. Au lieu de relire ses notes pour son show, comme d'habitude, il n'arrêtait pas de penser au lendemain.

La porte de sa loge s'ouvrit soudain.

— Cinq minutes, Jake, dit Kerrie.

— Je suis prêt.

Même si c'était faux.

Ce jour-là, il se mit en pilotage automatique, mais nul ne se rendit compte qu'il avait l'esprit ailleurs. Du moins le crut-il, car à la fin, le réalisateur le prit à part pour lui demander si quelque chose n'allait pas.

— Non, répondit Jake. Pourquoi ?

— Mon petit doigt me dit que tu as un souci avec ta petite amie.

Jake eut un sourire amer. Il savait qu'Olivia se vengerait à sa façon.

— Pas du tout. Aucun problème.

— Tu ne veux pas en parler, hein ? déclara Victor, visiblement peu convaincu. C'est très loyal, mais mieux vaut ne pas laisser ta vie privée perturber ta vie professionnelle.

— C'est seulement un petit coup de fatigue.

— J'ai sûrement dû être le seul à le remarquer, mais ce soir, au lit de bonne heure ! Un homme ne peut pas vivre que de sexe et d'eau fraîche.

— C'est bien dommage.

— Alors, comme ça, Olivia n'a pas menti ? Tu l'as vraiment larguée pour ta jolie petite intendante ?

— Je n'ai pas largué Olivia, dit Jake en levant les yeux au ciel. Si nous avons rompu, c'est qu'elle s'est fait des idées sur mon intendante qui est charmante, mais qui n'est pas ma maîtresse. Absolument pas.

Victor lui jeta un regard dubitatif. Le téléphone de Jake se mit alors à sonner et, quand il découvrit l'identité de l'appelante, il sentit son estomac se nouer à l'idée qu'elle veuille annuler leur rendez-vous du lendemain. Il ne pouvait attendre davantage pour la revoir.

— Je dois prendre cet appel, dit-il en filant dans le couloir. Abby ? Que se passe-t-il ?

Son ton était plutôt abrupt, mais il était extrêmement choqué par sa propre réaction à l'éventualité que leur rendez-vous soit différé.

— J'espère que notre arrangement de demain tient toujours, continua-t-il d'une voix rogue.

— Oui, oui. Je voulais seulement vous demander la permission de partir plus tôt aujourd'hui. Hier après-midi, je devais faire des courses, mais ma sœur n'était pas bien et j'ai dû m'occuper de Timmy.

Soulagé, Jake regretta de lui avoir parlé si durement.

— Mais bien sûr. Partez quand vous voulez.

— J'ai terminé mon travail.

— Je suis certain que tout est parfait, comme toujours. Vous allez faire des achats ? ajouta-t-il dans l'espoir de se racheter en s'intéressant à ce qu'elle faisait.

— Des vêtements pour que vous n'ayez pas l'impression d'être avec votre femme de ménage. Même si c'est le cas.

— Vous êtes beaucoup plus que ma femme de ménage. Comme je vous l'ai dit l'autre jour, vous êtes la meilleure intendante dont un homme puisse rêver.

Abby ne répondit pas et son silence provoqua chez Jake une tension sexuelle caractérisée. Il éprouva au creux des reins une onde de chaleur, comme un avant-goût de ce qui se produirait si jamais elle cédait à ses avances. Il ne savait pas ce qu'elle pensait, mais il lui semblait qu'elle s'était un peu radoucie. Ou n'était-ce qu'une illusion ? Récemment, elle était l'objet de tant de fantasmes classés X… Cette semaine, il n'avait cessé de s'imaginer rentrant chez lui et la prenant dans ses bras pour l'embrasser passionnément. Sans parler de son scénario favori : il la hissait sur le comptoir de la cuisine, lui écartait les jambes – naturellement, il l'avait déshabillée auparavant – avant de plonger en elle tandis qu'elle nouait les bras autour de son cou et le pressait de continuer. Il y avait d'autres scénarios : sur le parquet bien ciré, contre un mur, dans la piscine, sur la table de la salle à manger.

Des fantasmes qui avaient tendance à se multiplier de façon aussi déplorable que dangereuse. Mais c'était trop excitant.

— Pas de problème pour demain, alors ? s'enquit-il sur un ton aussi froid qu'il put.

— Non, non. Je serai prête. À 10 heures, n'est-ce pas ?

— C'est ça. Et à propos, sur quel compte désirez-vous que je verse l'argent ?

— Le même que celui où vous me versez mon salaire.

— Très bien. Ce sera fait dès cet après-midi.

— Je ne sais que dire. Merci beaucoup.

— C'est Craig qu'il faut remercier.

— Je le ferai demain, quand je serai près de sa tombe.
— Très bien. Alors, à demain.
— Mais vous ne connaissez pas mon adresse.
— Elle figure sur votre CV. Vous n'avez pas déménagé ?
— Non.
— Alors, à demain 10 heures chez vous. Au revoir.

Jake raccrocha en soupirant. Emmener une femme quelque part en voiture créait toujours une impression d'intimité, et la voiture de Jake passait pour particulièrement sexy à en croire les magazines spécialisés. Abby ne devait jamais avoir vu de Ferrari rouge. Durant la semaine, il la gardait enfermée dans son garage et se déplaçait en ferry et en taxi. Il ne la sortait que le week-end pour aller sur la côte car il adorait se balader avec le toit ouvert et, à ses côtés, une jolie femme qui appréciait sa superbe auto.

Soudain, il se souvint de ses fantasmes concernant les seins d'Abby, si sensibles à ses caresses. En fermant les yeux, il se rappela ce qu'il avait ressenti quand elle s'était blottie contre lui. Il poussa un juron et se leva. Décidément, il passait les limites et ne contrôlait plus rien. Il fallait absolument qu'il arrête et qu'il se comporte avec elle de façon naturelle. Ne rien lui dire de provocant ni d'enjôleur.

Il était hors de question qu'il ait une liaison avec elle.

Quand il ressortit de sa loge, il était déterminé à ne pas tenter le sort en gardant fermé le toit de la Ferrari. Mieux valait choisir la sécurité que regretter d'avoir pris des risques.

5.

Pour la énième fois ce matin-là, Abby sourit à son reflet dans le grand miroir de sa salle de bains, le seul qu'elle possédait car, durant de longues années, ses horribles dents l'avaient rendue allergique à son image. Pour autant, elle n'était pas encore totalement familiarisée avec sa nouvelle apparence et souriait peu.

Megan avait raison, son visage était bien mieux depuis qu'elle avait de jolies dents blanches. Un léger maquillage, et des cheveux brillants et bien coiffés l'amélioraient encore.

Décidant qu'elle s'était suffisamment admirée, elle revint dans sa chambre où se trouvaient les vêtements qu'elle avait achetés la veille après son passage chez le coiffeur : deux jeans en stretch et quelques hauts et T-shirts bon marché mais à la mode, une veste légère, une paire de sandales et un sac à main. Et une folie : un ravissant collier doré qui irait avec tout. Sans oublier le maquillage, le vernis à ongles et un petit flacon de parfum.

Le tout pour trois cents dollars, ce qu'elle avait jugé très raisonnable. Aujourd'hui, on n'avait plus besoin de dépenser beaucoup pour s'habiller et il était grand temps qu'elle soigne son apparence. Comme le temps semblait plus chaud que la veille, elle choisit un haut soyeux à manches courtes, blanc à pois bruns, qui soulignait discrètement ses formes et dont le décolleté mettait en valeur sa chaîne dorée toute neuve.

9 heures à peine, songea-t-elle après avoir jeté un coup d'œil à son réveil digital. Elle avait été réveillée dès l'aube

par l'excitation, mais il restait encore au moins une heure avant l'arrivée de Jake. S'il était à l'heure… De nos jours, les gens ne se préoccupaient guère d'être ponctuels. Elle allait consacrer un moment à se faire les ongles, mais elle n'en avait pas pour une heure.

Alors que les minutes s'écoulaient lentement, son cœur battait de plus en plus vite. Au-delà de la perspective de cette voiture neuve, elle se sentait nerveuse à l'idée de se retrouver seule avec Jake en dehors de son environnement de travail habituel. Allait-il la trouver jolie dans ses vêtements neufs ? Avait-elle envie qu'il la trouve jolie ? Ou qu'il… ?

Elle savait qu'elle perdait la tête. Jake avait une petite amie superbe, alors pourquoi l'aurait-il seulement regardée ? Et pourquoi avait-elle tant envie qu'il le fasse ?

C'était son patron, et s'il s'occupait d'elle, c'était uniquement parce que son oncle le lui avait demandé. Il n'avait pas envie de perdre son temps avec elle, ni de lui acheter une voiture neuve ni de l'accompagner au cimetière. Pas vraiment. Simplement, il exécutait les volontés de son cher oncle. *Ressaisis-toi, ma fille.*

La vision d'une voiture de sport d'un rouge éclatant en train de se garer devant chez elle ne l'incita pas vraiment à se ressaisir. Qui aurait pu la conduire sinon l'homme élu personnalité la plus populaire de la télévision et aussi meilleur parti de Sydney ? Grâce à Megan, elle n'ignorait rien de la vie privée et professionnelle de Jake.

Lorsque la portière s'ouvrit, il était plus sexy encore que sa voiture. Jusque-là, elle l'avait toujours vu en costume, mais aujourd'hui, il portait un pantalon de toile et un polo noir qui mettait en valeur ses larges épaules et son ventre parfaitement plat. Au moment où il contournait la Ferrari, une mèche brune lui tomba sur le front et il la ramena en arrière d'un geste impatient, ce qui dégagea son visage superbe au nez droit et à la mâchoire bien dessinée. Même si ses yeux bleus magnifiques étaient dissimulés par des lunettes de soleil.

Durant un quart de seconde, Abby se demanda ce

qu'allaient penser ses voisins en le voyant devant sa porte. Par cette belle journée de printemps, quelques-uns s'agitaient déjà dans leurs jardins, tondant leurs pelouses ou s'occupant de leurs fleurs. Mais à cause des lunettes, ils ne risquaient pas de le reconnaître, même s'il était évident qu'il était beau et riche. En le voyant lever les yeux vers sa maison, Abby s'écarta de la fenêtre. Elle n'avait pas honte d'habiter là, même si c'était très petit et très vieux, car la maison avait été repeinte et les deux jardins, un devant et l'autre derrière, étaient parfaitement tenus. À l'intérieur également, tout avait été repeint, et les parquets cirés brillaient. Le mobilier, même s'il était bon marché, était neuf et soigné, tout comme les vêtements qu'elle portait.

Pendant qu'il ouvrait la barrière et se dirigeait vers le petit porche, Abby s'efforça de se ressaisir car elle se sentait soudain sur la défensive. Elle n'était pourtant pas du genre à se trouver déstabilisée à la moindre critique car, durant ses années de lycée, elle avait dû se blinder contre les commentaires que ses supposées amies formulaient au sujet de ses dents. Mais si Jake, lui, la rabaissait, en particulier aujourd'hui où elle se sentait très bien dans sa peau, elle aurait du mal à le supporter. Heureusement, il n'avait rien de malveillant. Mais au fond, le connaissait-elle si bien que ça ?

Elle sursauta en entendant retentir la sonnette puis se précipita vers la porte tout en s'efforçant de se calmer et de garder la tête haute.

Jake avait eu beau se faire la leçon durant tout le trajet pour se concentrer sur la tâche que lui avait assignée son oncle, il ne put, en sonnant à la porte, s'empêcher de fantasmer sur la façon dont Abby devait se comporter au lit. En rédigeant sa lettre, Craig n'avait certainement pas pensé à la séduction qui émanait de sa protégée.

Il s'attarda un moment sur le trottoir, tentant de rassembler ses forces, mentales et physiques, en vue de la bataille qui l'attendait. Et il s'y croyait assez bien préparé jusqu'à ce qu'Abby lui ouvre la porte. Le regard de Jake descendit le long de son corps avant de remonter vers son visage. Il l'avait toujours trouvée séduisante, mais aujourd'hui, elle était superbe et terriblement désirable. Heureusement, il portait des lunettes de soleil qui dissimulaient son regard.

Que dire ? Rien de personnel. Pas de compliment qui risque de la gêner.

— Vous êtes très bien, dit-il en regrettant de ne pas la voir sourire.

— Hier soir, j'ai fait quelques achats, répondit-elle d'un air gêné. J'espère que Craig m'approuverait. Il ne faisait pas de folies.

— Je suis certain que ça lui aurait plu.

Mais sans doute moins qu'à Jake lui-même qui trouvait la tenue d'Abby extrêmement sexy : un jean blanc moulant et un haut soyeux qui lui effleurait les hanches et mettait bien en valeur sa poitrine. Immédiatement, il s'imagina en train de la serrer contre lui, le bas de son corps collé au sien, et de glisser les mains sous son haut pour sentir ses seins peser dans ses paumes. Dans son fantasme, elle gémissait doucement, la tête posée sur son épaule. Elle gémit de nouveau quand il lui dégrafa son soutien-gorge pour agacer de ses pouces ses tétons roses et les presser doucement.

Mais impossible de laisser s'emballer son imagination sans que son corps suive… Alarmé à l'idée qu'Abby puisse remarquer ce qui lui arrivait, Jake prononça la seule phrase qui lui vint à l'esprit :

— Puis-je utiliser vos toilettes avant que nous repartions ?

— La seconde porte à droite.

Abby sourit en voyant Jake se diriger vers les toilettes, ravie de son compliment sur sa tenue. Mais elle avait beau en être heureuse et flattée, elle savait que Jake n'allait pas se jeter sur elle, contrairement à ce qu'avait prédit Megan. La veille au soir, elle avait envoyé à sa sœur des photos de sa nouvelle garde-robe et celle-ci l'avait de nouveau mise en garde contre les hommes, et leur absence de conscience et de morale dès qu'ils apercevaient une jolie fille.

« Les pires, ce sont les play-boys comme ton Jake qui se jugent irrésistibles et, hélas, c'est souvent vrai. C'est difficile de résister à un bel homme qui a du charme et de l'argent. »

Quand Abby avait prétendu qu'elle n'avait jamais trouvé Jake particulièrement charmant, Megan avait ri aux éclats.

« Parce qu'il n'a jamais jeté son dévolu sur toi, mais quand il va te voir dans ta nouvelle tenue, il va immédiatement tomber sous le charme, te faire des compliments, puis te toucher, comme par hasard, et finir par t'inviter à boire un verre ou à dîner. Je pourrais te le mettre sous enveloppe, ma petite. »

À ce stade, Abby avait préféré ne pas dire à Megan que c'était elle qui envisageait d'inviter Jake à dîner. Pour le remercier. Il y avait des choses qu'il valait mieux cacher, même à sa sœur.

Pourtant, quand il lui avait dit qu'il la trouvait « très bien », elle avait été aux anges, elle devait bien le reconnaître.

Pendant qu'il était aux toilettes, elle alla chercher son sac neuf dans le salon et prit les clés de la maison sur la table de l'entrée pour être prête à son retour. Il ne devait pas avoir envie de passer tout son samedi avec elle alors qu'il aurait pu être avec sa copine. Dès le départ, il s'était montré plutôt impatient de se débarrasser de la mission qui l'attendait. Néanmoins, il prenait son temps, se dit Abby tout en contemplant la Ferrari garée contre le trottoir.

Cela non plus, elle ne le dirait pas à Megan car, jusque-là, elle ignorait tout de la voiture de Jake. S'il le fallait, elle mentirait car elle imaginait déjà ce que Megan dirait si elle savait que sa sœur avait passé son samedi dans la Ferrari rouge de Jake, si sexy.

Lorsqu'il quitta les toilettes, Jake avait réussi à se ressaisir et était prêt à affronter sa tortionnaire, le corps en repos ou presque, les lunettes de soleil en place. Mais pourquoi donc lui faisait-elle autant d'effet ? Était-ce sa relative innocence ? Son manque d'expérience ? Ce n'était pas seulement l'effet de sa beauté car il avait déjà eu beaucoup de belles femmes dans sa vie et dans son lit. Il y avait autre chose. Quelque chose d'impalpable, de très tendre et de très spécial.

Cela lui faisait peur. Pour elle. Et il avait raison d'avoir peur, songea-t-il en la regardant se retourner pour verrouiller la porte, aussi séduisante de dos que de face. Il réprima un gémissement et intima à son corps l'ordre de se calmer. Comme celui-ci l'ignorait, Jake se mit à jurer *in petto.*

— Le cimetière est loin d'ici ? s'enquit innocemment Abby en se retournant vers lui.

— Pas très loin, répondit-il sur un ton un peu trop rude. Hier, j'ai contacté le concessionnaire à Parramatta et ils ont une voiture qui vous conviendrait parfaitement. Si elle vous plaît, vous pourrez même repartir avec. Les papiers sont en règle.

— Vraiment ? Elle est de quelle couleur ?

— Blanche. Ils n'en ont pas de disponible en bleu. Mais blanc, c'est le mieux dans notre région. Ni trop salissant ni trop chaud…

Elle éclata de rire en rougissant. Décidément, elle ne lui rendait pas la tâche facile, loin de là. Heureusement qu'il ne portait pas un jean trop serré.

— Ce n'est pas mon genre de me promener dans une voiture sale, surtout une neuve. Megan prétend que je suis maniaque.

— Pour une intendante, c'est plutôt une qualité.

Pour une maîtresse aussi, songea-t-il malgré lui. Il aimait les femmes soignées. Pour les vêtements et, surtout, pour la lingerie. Quand il se demanda ce qu'Abby portait sous son jean et son haut, il sut qu'il était temps de prendre la route.

— On y va ?

En sortant, il faillit machinalement la prendre par le coude, comme il le faisait toujours avec une femme, mais se retint au dernier moment.

Décidément, se dit-il en lui emboîtant le pas, la matinée risquait d'être longue.

Abby, ravie, allait atteindre le trottoir quand Harriet, sa vieille voisine, passa la tête par-dessus la haie qui séparait leurs jardins.

— Bonjour, ma chérie. Comme tu es mignonne aujourd'hui. Tu es de sortie ? s'enquit-elle en fixant tour à tour d'un regard inquisiteur la jeune femme, Jake et la Ferrari.

À regret, Abby s'immobilisa et se tourna vers elle.

— Je vais acheter une voiture avec l'argent que m'a laissé un vieil oncle que j'avais perdu de vue depuis longtemps, et cet ami est venu m'aider dans mon choix. C'est un passionné de voitures, comme tu peux le voir. Excuse-moi, mais il faut que j'y aille, nous sommes déjà en retard, ajouta-t-elle pour éviter d'avoir à faire les présentations.

— On prend un café demain matin ? répondit Harriet.

— D'accord.

En silence, Jake lui ouvrit la portière de la Ferrari sans l'aider à s'y installer. Mais Abby avait toujours été agile et, avant même que Jake se soit assis dans son siège, elle avait déjà bouclé sa ceinture.

— Un passionné de voitures, moi ? répéta-t-il d'un air dubitatif avant de démarrer.

— Il fallait bien que je lui dise quelque chose.

— Et vous allez vraiment prendre un café ensemble demain ? s'enquit-il en accélérant.

— Bien sûr. Harriet s'est montrée très gentille avec moi quand Wayne est décédé. Simplement, j'ai préféré éviter les présentations.

— Pourquoi ?

— Parce que je ne voulais pas qu'elle sache que vous

étiez l'homme d'affaires pour qui je travaille. Elle en aurait tout de suite déduit qu'il y avait quelque chose entre nous, et dès aujourd'hui, toute la rue aurait été au courant, ce qui m'embarrasserait. En tout cas, votre voiture ne passe pas inaperçue, ajouta-t-elle pour changer de sujet. Elle doit coûter une petite fortune.

— Elle n'est pas bon marché, mais il y en a de plus chères. Je ne la conduis que pendant le week-end ou les vacances.

— C'est une décapotable ?

— Oui. Le toit se replie.

Il tourna la tête vers elle un instant, avec un étrange petit sourire, comme si elle l'amusait.

— Je vais vous montrer, si ça vous fait plaisir.

— Surtout pas ! s'écria-t-elle. Pas aujourd'hui. Ça risquerait de me décoiffer !

— Une autre fois, alors.

Abby se dit qu'il n'y aurait pas d'autre occasion, et c'était bien dommage. Quoi de plus merveilleux que de rouler, les cheveux au vent, sur une petite route de campagne par une belle matinée d'été ? Si seulement elle avait pu prendre le volant… Elle s'imagina conduisant la Ferrari, ce qui la fit sourire parce que ce n'était pas son genre.

Jake avait eu raison, le cimetière n'était pas loin. Un lieu plutôt déprimant pour Abby qui n'aimait pas ces rangées de tombes. Wayne, lui, avait été incinéré, et ses cendres dispersées dans l'océan, sur son lieu de pêche préféré. Ce qui ne manquait pas d'ironie puisque la mer l'avait tué. C'était ce qu'il souhaitait s'il lui arrivait quelque chose, il le lui avait dit un jour. Mais peut-être avait-il plutôt envisagé un accident de voiture…

— C'est par là, dit Jake lorsqu'ils furent descendus de voiture, alors qu'il entrait dans le cimetière sans même regarder si elle suivait, ce qui lui ressemblait bien.

On ne pouvait pas dire qu'il lui faisait du charme, contrairement à ce que s'était imaginé Megan. Abby le suivit dans une longue allée bordée de tombes bien tenues, parfois fleuries de frais. Elle n'avait même pas pensé à apporter des fleurs, ce matin, trop préoccupée par son apparence. Quelle idiote ! Mais si elle en avait acheté, peut-être Jake aurait-il pensé qu'elle en faisait un peu trop ?

Soudain, il s'immobilisa devant une tombe fraîchement creusée ornée de fleurs de la région qui n'étaient pas fanées, même si elles étaient là depuis plus d'une semaine.

— C'est la tombe de Craig, déclara-t-il d'une voix enrouée par l'émotion qui émut Abby.

Il avait adoré son oncle, c'était clair, et la mort de Craig devait l'avoir d'autant plus bouleversé qu'il n'avait pas été présent au moment de son décès. En ne le prévenant pas, son oncle avait cru faire preuve de gentillesse et de courage, mais, en réalité, il s'était montré cruel et égoïste.

Abby ouvrit la bouche pour prononcer quelques mots de sympathie, mais en levant les yeux, elle s'aperçut que Jake ne regardait pas la tombe de son oncle, mais celle d'à côté sur laquelle était gravé le nom de Clive Sanderson, « mari chéri de Grace et père aimé de Roland, Peter, Jake, Sophie, Cleo et Fiona ». Elle ne mit pas longtemps à comprendre qu'il s'agissait du père de Jake, mort à quarante-sept ans, d'après les dates inscrites sur la pierre. Très triste, mais que dire ?

Rien, décida-t-elle. Elle en savait assez sur son patron pour deviner qu'il n'avait aucune envie d'en parler. Elle se tourna de nouveau vers la tombe de Craig et ferma les yeux pour lui adresser une prière de gratitude, sans lui cacher qu'il aurait mieux valu qu'il avertisse sa famille de sa mort prochaine. Mais on ne pouvait plus rien y changer désormais… Quand elle sentit des larmes lui monter aux yeux, elle s'empressa de les réprimer avant de regarder Jake.

— Je lui ai dit merci. Maintenant, je suis prête à partir.

— Très bien, répondit-il avant de se diriger vers la voiture.

Il attendit qu'ils soient tous deux installés dans la Ferrari pour reprendre la parole :

— Désolé, mais j'ai du mal à me remettre de sa mort.

— Celle de votre oncle ou celle de votre père ?

— Ah, vous avez donc vu, dit-il en crispant les mains sur le volant. Eh bien, les deux. Mais celle de Craig est plus récente.

— Avec le temps, la peine s'adoucit.

Elle ne trouva rien d'autre à dire, mais en son for intérieur, elle savait qu'on ne se remet jamais de certaines morts. Il soupira en se carrant dans son siège, avant d'ôter ses lunettes de soleil pour la regarder.

— Comment est mort votre mari, Abby ?

— Il s'est noyé. Il était parti pêcher dans un petit canot qui n'était pas de taille à affronter la haute mer. Une tempête s'est levée et l'a fait tomber à l'eau. Il ne portait pas de gilet de sauvetage, alors on a retrouvé son corps deux jours plus tard sur la plage de Maroubra.

— Vous avez dû être anéantie, répondit-il en la contemplant tristement.

— Oui, dit-elle dans un souffle.

— Comme vous êtes une jeune femme charmante, vous rencontrerez quelqu'un, vous vous remarierez et vous aurez des tas d'enfants.

Elle ne put s'empêcher de rire.

— Je ne crois pas, Jake, je n'ai pas envie de me remarier.

— Vous l'aimiez donc à ce point ?

Passe encore de lui raconter la mort de Wayne, mais le reste la regardait et elle ne voulait le partager avec personne.

— Ce n'est pas une question d'amour, Jake, mais de ce que je veux faire du reste de ma vie. Quand j'étais plus jeune, je croyais que je voulais me marier et avoir des enfants, mais mes priorités ont changé. Je veux d'abord voyager et connaître une autre vie que celle que nous menons en Australie. Je veux voir le monde.

Il la contempla un long moment avant de murmurer :

— Je comprends.

Ce qui n'était sans doute pas le cas, songea-t-elle.

— Nous ferions mieux d'y aller, reprit-il d'une voix rude. Il nous reste encore à acheter cette voiture.

6.

— Oh ! Jake, je l'adore, tout simplement ! s'écria Abby en prenant le volant d'une jolie trois portes blanche. Merci beaucoup.

Jake se contenta de sourire et laissa le vendeur, Raoul, lui montrer toutes les fonctions de sa nouvelle voiture, avant de lui suggérer de faire le tour du quartier pour l'essayer. Il refusa de l'accompagner, ce qu'il regretta immédiatement en les voyant tourner le coin de la rue, car Raoul avait l'air très satisfait de l'accompagner. C'était un jeune immigrant de l'âge d'Abby, venu d'Afrique du Sud, style beau ténébreux, avec un accent sexy et du charme à revendre.

Mais qu'il l'accompagne ou pas… Quand elle lui avait avoué qu'elle préférait rester célibataire et parcourir le monde, il s'était senti fou de joie à l'idée qu'il allait pouvoir la séduire sans culpabiliser. Mais il savait en son for intérieur qu'un jour, elle envisagerait de se remarier et d'avoir des enfants. Et puis, il sentait qu'elle avait beau lui être reconnaissante, il n'était pas du tout son type, et sans doute était-il trop tard pour espérer qu'elle change d'avis.

En attendant leur retour, il se mit à arpenter les lieux dans l'espoir de calmer ses regrets et, il lui fallait bien l'avouer, sa jalousie, un sentiment qui lui avait toujours inspiré un certain mépris. Mais inutile de chercher à le nier, il était jaloux. Dès qu'il vit la voiture blanche remonter l'allée, il se précipita en cherchant anxieusement à deviner si le couple qui se trouvait à l'intérieur trahissait quelque attirance. Raoul, à ce qui semblait, faisait seul les frais de la conversation, Abby se contentant de hocher la tête. Quand elle sortit de la voiture en souriant à Jake, celui-ci, soulagé, lui sourit en retour.

— Alors ? demanda-t-il.

— Magnifique. Et très agréable à conduire.

— Effectivement, intervint Raoul en les rejoignant. Mais vous êtes une excellente conductrice.

En la voyant sourire, le cœur de Jake se serra. Il n'avait pas envie qu'elle sourie à un autre. À quoi bon contrôler son propre désir pour la jeter dans les bras de ce beau parleur ? Il était grand temps qu'ils s'en aillent.

— Cette voiture vous convient, Abby ? demanda-t-il.

— Parfaitement.

— Dans ce cas, nous allons la prendre. Je suppose que je peux la payer avec ma carte de crédit ?

— Bien sûr, monsieur Sanderson. Accompagnez-moi dans mon bureau pour régler les formalités.

— Vous avez de la chance d'avoir un employeur aussi généreux, dit Raoul à Abby en lui tendant les papiers et les clés.

— C'est un patron merveilleux, en effet…

Jake fronça les sourcils. La veille, il avait expliqué à Raoul au téléphone que cette voiture était la prime de Noël d'Abby, son employée modèle. Juste avant d'arriver au garage, il avait mis Abby au courant de ce petit mensonge, oubliant que les hommes avaient l'esprit très mal tourné dès qu'il s'agissait d'une jolie fille. Raoul en avait visiblement conclu que cette voiture était la récompense pour services rendus en dehors des heures de travail, mais la jeune femme n'avait pas l'air d'en être consciente.

— Merci pour votre aide, dit-il à Raoul en se levant et en lui tendant la main par-dessus le bureau.

— Je vous en prie, monsieur Sanderson, répondit le vendeur sur un ton doucereux. Quant à vous, mademoiselle, si vous rencontrez le moindre problème, n'hésitez pas à m'appeler. Voici ma carte.

Abby la prit, au grand dam de Jake. Elle ne se rendait

donc pas compte des intentions de ce type ? Elle ne pouvait tout de même pas être à ce point naïve !

— Si vous avez un problème avec votre voiture, appelez-moi d'abord, ce type ne cherche qu'à vous embobiner, dit-il d'une voix aigre tandis qu'ils sortaient.

— À m'embobiner ? répéta-t-elle, visiblement stupéfaite. Moi qui l'ai trouvé si gentil ! Je pensais que c'était parce que vous êtes célèbre.

Il comprit qu'il l'avait troublée, ce qu'il regretta immédiatement, alors qu'elle paraissait si ravie de cette nouvelle voiture.

— Vous avez peut-être raison, oubliez ce que j'ai dit. Je suis un vieux cynique.

— Mais non, c'est vous qui devez être dans le vrai, Megan dit que je fais trop confiance aux hommes. Mais quand je rencontre un type bien, je le reconnais tout de suite, dit-elle en lui adressant un sourire radieux. Jake, pour vous remercier, j'ai quelque chose d'un peu particulier en vue.

Jake tenta de ne pas laisser son esprit divaguer sur ce qu'il aurait aimé qu'elle lui fasse de particulier, mais en vain. Elle le prenait pour un « type bien » mais il ne l'était pas, loin de là.

— Je n'accepterai rien de particulier de votre part, dit-il après avoir dégluti non sans difficulté. J'ai été très heureux d'obéir aux instructions de Craig. Visiblement, il vous aimait bien et il vous admirait beaucoup.

— Vous aussi, il vous aimait et il vous admirait, répondit-elle en rougissant. Écoutez, je me suis dit que si vous acceptez, je pourrais peut-être vous préparer à dîner un soir. Je sais que c'est une manière un peu étrange de vous exprimer ma gratitude, mais je suis une très bonne cuisinière.

— J'en suis convaincu, Abby, mais ne vous croyez pas obligée…

Elle le fixa, désemparée, d'un regard qui le culpabilisa. Après tout, elle ignorait tout du combat qu'il devait livrer contre lui-même en sa présence.

— J'accepte avec plaisir, reprit-il. À condition que vous acceptiez que je convie également ma sœur.

— Votre sœur ?

— Oui, ma sœur, Sophie. Je lui avais promis de l'inviter à dîner vendredi prochain. Elle est la seule personne à qui j'ai révélé le contenu de la lettre de Craig et, l'autre jour, elle m'a dit qu'elle aimerait bien vous connaître, alors on fera d'une pierre deux coups. Qu'en pensez-vous, Abby ? Puis-je l'inviter elle aussi ?

— Si vous êtes certain que ça ne la gêne pas…

— J'en suis certain.

— Chez vous ou chez moi ?

— Pardon ?

— Voulez-vous que je prépare à dîner chez vous ou chez moi ?

Où donc avait-il la tête ? Décidément, il ne pensait qu'au sexe !

— Comme vous voudrez, mais mes voisins sont sans doute plus discrets que les vôtres. Alors, pourquoi pas chez moi ?

— Vous avez raison.

De toute façon, la présence de Sophie l'empêcherait de faire une folie – par exemple mélanger un philtre d'amour au vin et, ensuite, transporter Abby dans son lit pour y satisfaire ses folles envies durant tout le reste de la nuit.

— Vous sentez-vous d'attaque pour rentrer chez vous seule dans votre nouvelle voiture ? s'enquit-il.

— Je me sens un peu nerveuse, mais uniquement parce qu'elle est neuve. Je conduis bien et elle est équipée d'un GPS. De toute façon, je connais très bien le quartier : le *Fish and chips* où j'ai travaillé se trouve juste à côté.

Jake se sentit soudain pris d'une immense curiosité concernant la vie qu'Abby avait menée avant de travailler pour lui. Il fut tenté de l'inviter à prendre un café, mais résista vaillamment.

— Dans ce cas, pas de souci, dit-il. Je vais vous abandonner.

— C'est bien dommage, j'aurais adoré refaire un tour dans votre belle voiture.

Pas un mot de plus, chuchota à Jake sa conscience.

— Mais, tout bien réfléchi, j'aime mieux prendre le volant de ma belle petite auto. Au revoir, Jake, et merci encore.

— Je vous en prie.

Il la regarda s'éloigner. Elle conduisait sans la moindre hésitation, en toute confiance, malgré la circulation très dense et les croisements compliqués. Abby était sans doute naïve et vulnérable, mais dans tous les aspects pratiques de la vie, son expérience lui donnait beaucoup d'assurance.

Une fois de plus, il s'interrogea sur ce qu'avait été sa vie avant qu'elle perde son mari. Sur la petite fille qu'elle avait été. Sur ses parents. Avait-elle été bonne élève ? Sans doute pas puisqu'elle avait commencé à travailler très tôt dans ce *Fish and chips*. Mais elle n'était pas stupide, loin de là : quand Raoul lui avait expliqué le fonctionnement de la voiture, elle avait tout de suite compris. Comme elle prétendait aussi être bonne cuisinière, il se dit qu'elle devait réussir dans tous les domaines qui l'intéressaient.

Inévitablement, il en vint à penser aux autres talents qu'elle pouvait posséder. Elle n'était restée mariée qu'un temps très court durant lequel elle n'avait pas travaillé. Elle semblait avoir apprécié de rester chez elle, d'être la gentille femme au foyer, toujours là quand son petit mari rentrait à la maison. Même si lui-même n'adorait pas ce genre de vie, ni de femme, il comprenait cela. Tout en prenant le volant pour quitter à son tour le garage, il se mit à jurer à mi-voix, en proie à une frustration qu'il n'avait jamais connue jusque-là. Et quand il finit par se calmer, il se mit à réfléchir.

Jamais il n'aurait dû rompre avec Olivia car il n'était pas du genre à dormir seul longtemps. Et cela l'aurait distrait d'Abby. Mais impossible de revenir en arrière. D'ailleurs, pour être honnête, il n'en avait pas vraiment envie. Peut-être pourrait-il appeler Maddie Hanks ? Elle était encore à Sydney, il le savait. Ses charmes étaient peut-être un peu trop évidents, mais, au moins, elle n'avait pas envie de devenir *Mme Jake Sanderson*, seulement de s'amuser durant son séjour à Sydney. Il aurait été bien bête de ne pas en profiter au lieu de ronger son frein. Après le show, elle lui avait donné son numéro qu'il avait poliment enregistré, même s'il n'avait aucune intention de céder à cette peu discrète proposition.

Depuis, beaucoup d'eau avait coulé sous les ponts. Il sortit son téléphone, mais son doigt s'immobilisa sur la touche : avait-il vraiment envie de coucher avec Maddie Hanks ? Sans plus réfléchir, il effaça son numéro et appela sa sœur.

— Jake, mon trésor, comment tu vas ? Hier, j'ai regardé ton show stupide et je t'ai trouvé l'air un peu déprimé.

— Pourquoi stupide ?

— Stupide n'est peut-être pas le terme exact. Disons léger.

— Est-ce vraiment un compliment ?

Mais elle avait raison, c'était léger, superficiel. Rien d'étonnant à ce qu'il en ait assez : quand il l'avait conçu, il s'était juré d'aborder des thèmes d'actualité sérieux de façon percutante, mais petit à petit…

— Remarque, si ça te convient… Mais qu'est-ce qui me vaut le plaisir de cet appel ? Ce n'est pas pour annuler notre dîner de vendredi, j'espère ?

— Pas du tout, mais j'ai une faveur à te demander…, dit-il avant de lui conter toute l'affaire.

7.

Abby contempla la table de la salle à manger d'un air satisfait. Elle avait copié un arrangement vu sur un magazine que lui avait prêté Megan, en se disant que cela s'accorderait parfaitement aux meubles cirés et aux murs blancs. L'argenterie et la vaisselle de Jake étincelaient sur la table, mais elle avait acheté une nappe et des serviettes blanches qui allaient très bien avec les sets rouge et noir du magazine qu'elle avait trouvés en ville. La table de Jake étant prévue pour huit personnes, elle avait seulement dressé une des extrémités, Jake au milieu, sa sœur à droite et elle-même à gauche, au plus près de la cuisine. Elle avait acheté en guise de centre de table un chandelier en cristal et une bougie rouge. Un vase de fleurs fraîches de son jardin était posé sur le buffet sculpté, ainsi qu'une bougie à la vanille destinée à masquer toute odeur de cuisine quand elle ferait cuire les praires et les coquilles Saint-Jacques.

Elle avait mis des heures à élaborer le menu car elle ne voulait pas passer son temps à naviguer entre la cuisine et la salle à manger. Après s'être assurée au téléphone que ni Jake ni Sophie n'avaient d'interdits alimentaires, elle avait choisi en entrée des fruits de mer, puis un carré d'agneau, et en dessert, un gâteau au fromage blanc et aux fruits de la passion qu'elle avait cuit la veille car il était meilleur après avoir passé une nuit au frais. Pour les vins, elle avait fait confiance au caviste de son quartier.

En jetant un coup d'œil à sa montre, elle constata qu'il ne lui restait que douze minutes avant l'arrivée de Sophie et de Jake. Elle l'avait averti au téléphone qu'elle ne tenait pas à ce qu'il soit là pendant qu'elle cuisinait, ce qui n'avait pas eu l'air de le déranger : en sortant du bureau, il passerait chez sa sœur avant de rentrer chez lui. Abby avait deux raisons de préférer qu'il soit ailleurs pendant qu'elle cuisinait : elle voulait lui faire la surprise de la table, et elle avait décidé de se mettre en robe. Une idée qui lui était venue quand il lui avait signalé que sa sœur était styliste car elle savait d'instinct que le jean n'était pas la tenue adéquate en ces circonstances.

Elle se sentait un peu coupable de cet achat, mais elle ne pouvait nier la satisfaction qu'elle éprouvait chaque fois qu'elle se regardait dans le vaste miroir de l'entrée, en espérant que Jake lui aussi apprécierait cet effort. D'une certaine façon, elle aurait préféré qu'ils soient seuls tous les deux, mais elle aurait alors trop espéré lui plaire comme l'avait insinué Megan. Elle savait comment les hommes se comportent quand une femme leur plaît, et si ç'avait été le cas, il n'aurait sûrement pas invité sa sœur alors qu'il aurait pu être seul avec elle. De plus, elle n'était jamais très à l'aise avec des inconnus, telle la sœur de Jake.

Elle s'empressa de chasser cette pensée inopportune en contemplant son reflet dans le miroir. Elle se sentait nerveuse à l'idée de rencontrer Sophie, car cette styliste très sophistiquée devait sûrement être aussi élégante que son frère. Mais Abby se trouvait bonne allure. Pas une blonde stupide, mais une personne raffinée, et c'était aussi l'avis de l'oncle de Jake. Virevoltant sur ses escarpins tout neufs, elle revint dans la cuisine, bien décidée à avoir confiance en elle.

— Tu n'es pas d'humeur très communicative, dit Sophie après avoir garé sa voiture devant chez Jake à 19 heures précises. Si je te connaissais moins, je te trouverais même un poil nerveux.

— Nerveux, moi ? C'est ridicule !

Pourtant, il nourrissait quelque appréhension au sujet de la soirée à venir. Même s'il avait tout fait pour éviter Abby au cours de la semaine précédente, il lui avait parlé deux fois au téléphone. Rien de personnel, mais le seul fait d'entendre sa voix suffisait à réveiller son imagination. Comment allait-il faire ce soir pour supporter de la voir en chair et en os ? Au téléphone, il était si excité qu'il avait failli lui dire que Sophie ne pouvait pas venir et qu'ils seraient seuls tous les deux. Et il l'aurait fait, s'il ne l'avait pas crue si innocente.

— Alors, où est le problème ? insista Sophie tandis qu'ils se dirigeaient vers la porte d'entrée. Si cette fille t'a dit qu'elle ne voulait pas se remarier, qu'est-ce qui t'empêche de sortir avec elle puisque tu en as tellement envie ?

Jake jeta à sa sœur un regard exaspéré.

— Elle *croit* qu'elle ne veut pas se remarier, mais elle finira par changer d'avis. Du reste, je ne lui plais pas.

— Tu n'es pas seulement nerveux, tu es complètement à côté de la plaque ! Bien sûr que tu lui plais, et c'est pour ça qu'elle t'a proposé de te faire à dîner, imbécile… Tu n'es pas très fort pour lire entre les lignes, n'est-ce pas ? Concernant les femmes, je te croyais plus perspicace.

— C'est toi qui dérailles, répondit-il en introduisant la clé dans la serrure. Compte tenu des circonstances, j'essaie de faire au mieux.

— N'oublie pas que l'enfer est pavé de bonnes intentions !

— Je le sais, j'y suis déjà, dit-il en ouvrant la porte.

— Comme ça sent bon ! s'exclama Sophie en entrant. Ah, c'est cette bougie parfumée. Et quelle table superbe… Ton Abby s'est *réellement* donné du mal.

— Rengaine tes insinuations, Abby n'éprouve aucun sentiment particulier à mon égard, mais elle est très gentille et elle a voulu me faire plaisir. Abby, nous sommes là…, dit-il, haussant le ton, avant de prendre le bras de Sophie pour l'entraîner vers la cuisine. Oh ! mon Dieu, mais vous êtes en robe !

Ses yeux se rivèrent au décolleté d'Abby qu'il contempla

d'un air sombre. Comme si porter une robe était un crime... Sophie vit le visage d'Abby se crisper.

— Oui, j'ai mis une robe, dit-elle en tournant sur elle-même pour qu'il puisse mieux la voir.

En regardant son frère, Sophie faillit éclater de rire. Décidément, ce pauvre idiot était plus qu'accroché. Si elle ne le connaissait pas si bien, elle aurait presque pensé qu'il était amoureux. Et elle comprenait pourquoi.

Abby était réellement séduisante avec ses traits délicats, ses beaux yeux verts, son teint parfait et son sourire éclatant. Quant à sa silhouette, elle était parfaitement mise en valeur par une robe portefeuille fleurie dont le corsage soulignait agréablement ses seins. Évidemment, si Sophie avait eu le choix, elle aurait préféré un tissu uni et un décolleté plus profond car quand on a de beaux seins, il faut les montrer, surtout si on est jeune. Mais ce qui comptait, c'était la façon dont son frère se comportait en ce moment même, et c'était absolument inacceptable. Elle préféra donc prendre les choses en main en attendant qu'il retrouve ses esprits.

— Je suis Sophie, dit-elle en s'avançant pour embrasser Abby. Votre robe est superbe, il faudra me dire d'où elle vient. Jake vous a dit que je travaillais dans la mode ?

Abby préféra ne pas répondre à Sophie dont la petite robe noire devait venir d'une boutique de luxe où elle-même n'aurait jamais mis les pieds. Mais devant Jake qui la toisait d'un air désapprobateur, le compliment de Sophie – qui était moins belle que son frère – lui fit chaud au cœur.

— Jake, cesse de regarder Abby, et dis-lui qu'elle est charmante.

— Elle est très mignonne, mais ça m'a fait un choc parce que je ne l'avais encore jamais vue en robe. Comment va la cuisine, Abby ? Justement, j'ai une faim de loup.

— Ça tombe bien, il y a de l'agneau au menu, répondit-elle du tac au tac. Et maintenant, si vous voulez bien passer dans la salle à manger, je vais vous dire où vous asseoir.

En passant près de Jake, Abby lui jeta un regard noir et il comprit qu'il s'était mal conduit : son fameux charme et son aisance semblaient l'avoir abandonné, remplacés par une attirance sexuelle aussi cruelle qu'irrésistible. Heureusement, il avait enfilé une veste avant de partir de chez Sophie et, par chance, il allait bientôt enfin s'asseoir.

Sa sœur vint à la rescousse en complimentant Abby pour sa table et pour le choix du vin. Jake réussit enfin à ouvrir la bouche pour commenter le vin, ce qui lui valut un regard plus noir encore de la part d'Abby. Hélas, lorsqu'elle le toisait de cette façon, il lui trouvait encore plus de charme. Quand elle se mit à verser le vin, il évita de la regarder, mais comme elle se penchait en avant, son décolleté bâillait légèrement. Il se mit donc à fixer la nappe et, quand elle lui remplit son verre, il la remercia sur un ton peu naturel tellement il avait envie de lui faire l'amour, là, directement sur la table.

Il poussa un soupir de soulagement quand elle quitta la pièce pour aller dans la cuisine et se précipita sur son verre qu'il vida à moitié. Il fallait absolument qu'il se calme.

— Tu l'as vraiment dans la peau, dit Sophie d'un ton calme. Je l'avais déjà senti au téléphone, mais c'est encore plus clair quand on te voit.

Jake leva les yeux vers sa sœur qui le contemplait d'un air dubitatif par-dessus son verre.

— Je m'en remettrai, répondit-il avant d'avaler une bonne gorgée de vin.

— On verra. Comme je te l'ai dit, ce soir, ton Abby risque d'avoir un problème.

— Ce n'est pas mon Abby. Et puis, elle est encore amoureuse de son mari décédé.

— Peut-être, mais justement, il est décédé. Et toi, tu es très beau gosse.

— Pourrions-nous mettre un terme à cette conversation ?

Sophie acquiesça, mais uniquement parce que Abby entrait, chargée de deux assiettes qui sentaient délicieusement bon. Lorsqu'elle en eut placé une devant lui, Jake vit qu'elle contenait un mélange de praires et de coquilles Saint-Jacques.

— Si c'est aussi bon que ça en a l'air, ce repas sera mémorable, déclara-t-il, sincèrement admiratif.

En voyant Abby rosir de plaisir, il fut consumé de culpabilité à l'idée de s'être comporté comme une brute, même s'il n'avait pas voulu la blesser.

— Et pour en revenir à cette robe, ajouta-t-il, je la trouve étonnante. Si vous la portiez à l'extérieur, les hommes auraient du mal à garder leur sang-froid.

Abby aurait dû se sentir ravie par ce compliment, mais ce ne fut pas le cas, et la raison en était embarrassante : c'était à Jake lui-même qu'elle aurait bien aimé faire perdre son sang-froid. S'il lui avait fait la moindre avance, elle aurait été partante, mais il n'y songeait pas, heureusement. Quand allait-elle enfin finir par admettre qu'il était son patron et qu'il regrettait d'avoir à se plier aux dernières volontés de son oncle la concernant ?

Car, pour être franche, elle avait bien compris qu'il agissait à contrecœur. Concernant la voiture, l'argent, et la visite au cimetière, il s'y était plié par sens du devoir et respect des convenances, mais il n'éprouvait aucun sentiment particulier pour elle. Elle n'était que la personne qui lui tenait sa maison et qui avait eu la chance de recevoir un legs généreux de la part de son oncle Craig, si attentionné.

Face à cette vérité, Abby se sentit blessée et se rappela les multiples mises en garde de Megan au sujet de Jake. Mais Megan s'était trompée, ce n'était pas de Jake qu'elle devait se méfier, mais plutôt d'elle-même. Quelle idiote elle était de s'intéresser à ce qu'il pensait d'elle ! Et de s'intéresser à lui. Une perte de temps, voilà tout. Elle était terriblement contrariée d'être devenue assez folle pour fantasmer sur un homme totalement hors d'atteinte. Adolescente, jamais elle n'avait eu de béguin pour un acteur de cinéma ni pour une rock star, et ce n'était pas maintenant qu'elle allait commencer, avec un animateur de télé !

— Je vais chercher mon entrée, dit-elle en ressortant de la pièce.

Ce plat fut un grand succès, tout comme l'agneau, à en juger par les compliments qu'elle reçut et par les assiettes vides de ses invités. Mais elle ne parvint pas à terminer la sienne car elle n'avait aucun appétit, comme cela lui arrivait souvent quand elle était contrariée. Elle faisait tout son possible pour ne pas trop regarder Jake, de peur qu'il ne lise dans ses yeux ses sentiments, et pour converser avec Sophie qui se révéla assez bavarde. Elle posa d'abord de nombreuses questions à Abby sur ses goûts en matière de mode avant d'aborder des sujets plus personnels, au dessert.

— Jake m'a parlé de la mort de votre mari. Quelle tragédie ! Il devait être très jeune. Et vous aussi, vous ne devez pas avoir plus de vingt-cinq ans ?

— Vingt-sept, et Wayne n'avait que vingt-cinq ans quand il est mort. Nous avions le même âge.

— Ça a dû être terrible pour vous. Vous étiez mariés depuis longtemps ?

— Cinq ans.

— Et sans enfants ?

En général, Abby avait du mal à supporter ce genre de question, mais elle avait fini par se résigner.

— Nous aurions bien voulu, mais ça ne s'est pas produit.

Pas question de parler de ses trois fausses couches, c'était trop personnel et encore trop douloureux.

— Compte tenu des événements, cela vaut peut-être mieux.

— Peut-être, murmura Abby.

Jake devina l'émotion qui faisait trembler sa voix et se rappela qu'il lui avait fait le même genre de réflexion lors de l'entretien d'embauche. Soudain, il comprit qu'il avait manqué de tact et essaya de capter le regard de Sophie sans toutefois y parvenir.

— Jake m'a dit que vous avez envie de voyager, continua sa sœur, toujours aussi directe.

— C'est exact.

— Toute seule ou en compagnie ?

— Sophie, je t'en prie, intervint Jake. C'est un véritable interrogatoire de police !

Sophie le fixa d'un air faussement innocent.

— Très bien, je vais changer de sujet. Jake, m'autoriserais-tu à occuper quelque temps l'appartement de Craig ou veux-tu le vendre ?

— Je ne pense pas le vendre pour le moment. Mais pourquoi veux-tu t'y installer ?

— Ma colocataire voudrait que son petit ami vienne vivre chez nous et j'ai du mal à le supporter.

— Je vois. Évidemment, tu peux occuper l'appartement de Craig. Je vais te donner les clés.

— Je te paierai un loyer.

— Pas question. Contente-toi de payer l'électricité et ne le sous-loue à personne.

— Bien sûr. Tu sais, je suis comme toi, je tiens à mon intimité, et si j'avais pu, jamais je n'aurais vécu en colocation. Mais je suis terriblement dépensière et je n'arrive même pas à économiser le dépôt de garantie. Tout mon argent passe en vêtements et en coiffeur, ajouta-t-elle en s'adressant à Abby et en tapotant le bob rouge stylé qui encadrait son visage carré.

— Mais Craig t'a laissé suffisamment pour payer le dépôt de garantie, j'en suis certain.

— C'est vrai, mais j'ai d'autres projets avec cet argent. Des projets professionnels… Eh bien, Abby, je ne sais pas si vous vous en rendez compte, mais si vous partez, mon frère sera complètement perdu. Pour lui, vous êtes l'intendante modèle et il ne tarit pas d'éloges à votre sujet.

— Vraiment ?

— Vraiment.

— Il n'aura pourtant aucun mal à trouver quelqu'un d'autre, dit-elle en se tournant vers lui.

Les yeux de Jake se rivèrent à sa bouche adorable. Il la désirait plus que jamais.

De son côté, Abby se demandait pourquoi Jake fixait sa bouche de cette façon. Peut-être avait-elle une miette de nourriture collée aux lèvres. Elle les essuya avec sa serviette, mais il continua à la regarder avec dans le regard une étincelle qui la déconcerta au plus haut point car elle avait souvent vu la même dans l'œil de Wayne. Quand il avait envie de faire l'amour. Mais ce qui la troubla plus encore, ce fut de sentir son propre corps répondre à cet appel : son cœur se mit à battre plus vite, son ventre à se crisper et ses seins à se tendre d'une façon aussi insidieuse que perturbante. Elle éprouva aussi, au plus secret d'elle-même, une sorte de vibration.

En sentant son cou et son visage s'empourprer, elle se leva.

— Je vais faire le café, dit-elle en s'éclipsant.

— Eh bien, elle ne se comporte pas comme si tu lui étais indifférent, murmura Sophie. À mon avis, elle en pince autant pour toi que toi pour elle.

Jake demeura muet. Si Sophie avait raison, plus rien ne pourrait l'arrêter, même pas sa conscience.

Mais peut-être se trompait-elle. Peut-être Abby avait-elle eu peur en voyant le désir briller dans son regard.

— Il faut que je parte tôt, reprit Sophie. Demain, je dois me lever de bonne heure.

— Pour quoi faire ? s'enquit Jake d'un air suspicieux.

— Pour aller à la salle de gym, éliminer les calories que j'ai accumulées ce soir. Une styliste en surpoids n'est pas très crédible. Et puis, je te laisse la voie libre pour faire ce que tu as en tête depuis des heures. D'ailleurs, je ne t'en blâme pas, elle est superbe. Mais peut-être aussi un peu fragile, après la mort de son mari. Alors fais attention. Ce n'est pas ton genre habituel.

— Tu crois que je n'en suis pas conscient ? Sinon, pourquoi me serais-je tenu à distance jusqu'à maintenant ?

— Tu tiens vraiment à la ménager, n'est-ce pas ?

Sans doute, reconnut-il, sinon il n'aurait pas fait tant

d'efforts pour se contrôler. Mais si Sophie avait raison, pourquoi continuer à les faire ?

— Peux-tu me rendre un service ?

— Bien sûr.

— Va voir Abby et dis-lui que tu dois rentrer chez toi et que tu ne prendras pas le café avec nous parce que tu sens venir une migraine.

Sophie se leva en lui adressant un hochement de tête dubitatif.

— Peut-être y a-t-il une chance sur cent qu'elle te repousse, mais j'en doute fort, chuchota-t-elle en riant avant de se diriger vers la cuisine.

8.

Lorsque Jake entra dans la cuisine après avoir raccompagné sa sœur, Abby avait réussi à reprendre le contrôle d'elle-même et s'affairait à remplir le lave-vaisselle. Hélas, dès qu'elle l'aperçut, le même trouble la submergea. Si seulement il cessait de la fixer de cette façon !

Megan avait eu raison de l'avertir que, dans cette tenue, elle risquait de le rendre fou. Durant un long moment, elle resta immobile à regarder Jake en pensant que si elle se laissait séduire – son regard exprimait clairement ce dont il avait envie –, elle allait pénétrer dans un univers dont elle ignorait les codes. Elle n'était pas comme Megan, elle n'avait jamais couché avec aucun homme seulement pour le plaisir, et elle n'en avait même jamais eu envie. Et c'était bien là le problème. Avec Jake, elle en avait terriblement envie.

Pour être franche, elle aurait eu envie de faire l'amour avec lui, mais seulement après avoir embrassé et caressé son corps sous toutes les coutures. Faire avec lui tout ce qu'elle avait déjà lu mais jamais expérimenté, jamais désiré auparavant. Des images licencieuses envahirent son esprit, provoquant en elle un début de panique.

— Je… Je crois que je ferais mieux de rentrer, balbutia-t-elle, les joues rouges de honte.

Il se dirigea vers elle en refermant le lave-vaisselle au passage.

— Impossible…, répondit-il froidement, mais avec une

étincelle brûlante dans le regard. Vous avez déjà franchi la limite.

Il était assez près maintenant pour la toucher. Tendant la main, il lui effleura la bouche du bout du doigt. Elle retint sa respiration durant quelques secondes, tout en le fixant droit dans les yeux comme pour l'implorer de ne pas aller plus loin, mais ses pupilles étaient dilatées d'excitation. En la voyant desserrer les lèvres, il sourit. Un sourire narquois, satisfait, rempli d'arrogance et d'érotisme. Cette nuit, enfin, elle serait à lui, elle n'avait pas envie de dire non.

— Abby, Abby…, murmura-t-il d'une voix rauque. Vous rendez-vous compte à quel point je vous désire ?

Elle se demanda s'il disait cela à toutes les femmes. Un procédé très efficace, il fallait bien le reconnaître. Elle frémit quand il la prit dans ses bras et ferma les yeux en sentant son cœur battre la chamade. Quand il posa ses lèvres sur les siennes, elle gémit doucement et quand il s'arrêta de l'embrasser, elle ouvrit les paupières et constata qu'il la fixait d'un regard inquiet.

— Dis-moi que tu en as envie, toi aussi. Ne le fais surtout pas par gratitude ou par crainte de perdre ton emploi.

Elle n'y avait même pas pensé, mais en ce moment, elle ne réfléchissait guère. Rien ne comptait plus que le désir urgent qui embrasait son corps d'une chaleur qu'elle aurait trouvée embarrassante si elle n'avait pas été si excitante.

— Dis-moi que tu as envie de faire l'amour avec moi.

— J'en ai envie.

Il l'attira à lui, plus près encore, et écrasa sa bouche avec une passion qu'elle n'avait jamais connue durant son mariage. Il y introduisit sa langue en la serrant plus étroitement encore, une main sur ses fesses et l'autre sur sa nuque. En sentant son érection, elle gémit et éprouva un spasme au creux du ventre. Elle avait envie de lui, d'une façon non pas tendre mais crue. Avec avidité. Elle avait envie qu'il la remplisse. Elle avait envie qu'il la fasse jouir.

Elle se dégagea avec un cri de désir, une lueur sauvage dans le regard.

— Que se passe-t-il ? s'enquit Jake, stupéfait.

— Rien. Mais ne t'arrête pas, Jake ! Je t'en prie, je ne peux plus attendre…

Il ne se le fit pas dire deux fois et la hissa sur le plan de travail avant de relever sa robe pour lui ôter son slip et lui écarter les jambes. Le visage d'Abby s'empourpra de honte et de désir mêlés. La prenant par les hanches, il la fit glisser jusqu'au bord du comptoir tandis qu'elle fixait le plafond, trop gênée pour le regarder. Mais elle sentait ses poussées contre sa chair brûlante et douloureuse, et lorsqu'il eut enfin trouvé l'entrée et qu'il fut en elle, il l'emplit si totalement qu'elle en eut le souffle coupé. Quand il commença à bouger à un rythme puissant, elle ferma les yeux sans chercher à étouffer ses cris et ses gémissements, et au moment où elle se disait qu'elle n'allait plus pouvoir supporter cette exquise torture, elle jouit et sa chair se contracta en longs spasmes, lui procurant un plaisir si violent qu'elle en fut abasourdie. Jake jouit à son tour et l'inonda en poussant un grand cri.

Il ferma les yeux et se laissa aller à une bienheureuse détente, mais il ne mit pas longtemps à réaliser ce qui venait de se passer et toutes les conséquences possibles. Comment avait-il pu se comporter de façon aussi stupide, lui qui redoutait plus que tout d'être confronté à une grossesse non désirée ? Pourquoi ne pas avoir utilisé de préservatif ?

Il ne voulait absolument pas d'enfant, même avec une fille comme Abby. Il aimait faire ce qui lui plaisait, quand cela lui plaisait, et un enfant mettrait fin à cette liberté. Sans doute était-ce égoïste de sa part, mais mieux valait être égoïste que malheureux. Il voulait vivre comme son oncle, pas comme son père.

Quand il ouvrit enfin les yeux, il vit qu'Abby le regardait froidement, les bras ouverts, en respirant calmement. Il ne remarqua pas que ses lèvres entrouvertes semblaient attendre un baiser. Il enfouit le visage dans ses cheveux.

— Abby, je suis désolé, dit-il d'une voix pleine de regret.

— Pourquoi ? demanda-t-elle en reculant un peu.

— Parce que je n'ai pas utilisé de préservatif. Mais je peux t'assurer que je suis en parfaite santé et que tu ne cours aucun risque. J'ai toujours pris mes précautions. Jusqu'à ce soir.

— Tout va bien, Jake. De mon côté, je ne risque pas de me retrouver enceinte puisque je prends la pilule.

— Vraiment ? dit-il, surpris, puis soulagé. Ne crois pas que je le regrette, mais pourquoi ?

— Pour éviter les troubles prémenstruels. Et compte tenu des circonstances, je m'en félicite. Mais puis-je te demander pourquoi tu n'as pas utilisé de préservatif cette fois-ci ?

Jake n'avait aucune envie de lui avouer qu'elle l'avait mis dans un tel état qu'il n'avait pas eu le temps de l'envisager. Il lui prit les jambes et les noua autour de sa taille.

— Tu peux te vanter de m'avoir mis dans tous mes états. Tu étais si mignonne dans cette robe que je n'ai pensé qu'au sexe durant toute la soirée.

La prenant par la nuque, il attira sa tête contre son torse et lui caressa le dos comme il l'avait déjà fait quelques jours plus tôt pour la réconforter, dans cette même cuisine. Mais cette fois, c'était différent. Elle se dégagea et le fixa d'un air curieux.

— Ça se passe toujours comme ça entre les femmes et toi ?

Pris de court, il se demanda ce qu'elle voulait dire. Est-ce qu'elle se demandait si toutes les femmes avec qui il faisait l'amour jouissaient toujours ? Ou si elles jouissaient toutes comme elle ? Comme une femme qui n'a pas eu d'orgasme depuis des années ?

— Pas toujours. L'harmonie sexuelle, ce n'est pas si fréquent.

— Nous, nous nous entendons parfaitement.

— Tu as raison. On va passer d'excellents moments ensemble.

— Et ta petite amie ?

Elle tenait à s'assurer qu'il ne la menait pas en bateau.

— J'ai rompu avec Olivia la semaine dernière.

— Je vois.

Jake n'était pas très sûr d'avoir envie de creuser le sujet ni d'approfondir les raisons pour lesquelles cela marchait si divinement entre eux. Ce qu'il aurait voulu, c'était recommencer, de façon plus sérieuse, cette fois. Au lit. Il aurait voulu qu'Abby soit nue dans son lit pour lui faire l'amour très lentement pendant des heures.

Sans plus s'interroger, il la souleva et gravit l'escalier. Sa chair chaude et humide lui rappela une fois de plus qu'il n'avait pas utilisé de préservatif. Monter l'escalier tout en restant en elle provoquait en lui des sensations inhabituelles, surtout juste après un orgasme si puissant, mais il se sentait merveilleusement bien. Pourquoi ne pas oublier les préservatifs pour cette nuit ? Demain, il serait bien temps de se montrer prudent, alors, ce soir, pourquoi ne pas s'accorder ce plaisir parfait ?

Contrairement à Jake qui avait fini par s'endormir d'un coup, Abby avait bien du mal à trouver le sommeil tant son corps frémissait encore après deux heures d'activité sexuelle ininterrompue. Elle ne comptait plus ses orgasmes et Jake lui avait prouvé que les femmes ont une capacité de jouissance très élevée surtout avec un partenaire aussi expérimenté. Il savait exactement où la toucher et comment s'y prendre.

Elle ferma les yeux pour mieux revivre ces moments. D'abord, il y avait eu cet épisode extraordinaire, sur le comptoir de la cuisine. Stupéfiant, mais pas autant que ce qui s'était passé une fois qu'ils avaient été nus tous les deux dans son grand lit. Après un deuxième orgasme incroyable, alors qu'elle se sentait épuisée, il l'avait emmenée dans la douche et ranimée par quelques jets d'eau fraîche avant de la sécher et de la ramener dans le lit pour l'embrasser et la caresser jusqu'à ce que, de nouveau, elle tremble de désir.

La taille et la puissance de son érection avaient stupéfié Abby qui avait une fois encore goûté le plaisir le plus exquis.

Elle se tourna vers Jake qui gisait sur le lit, le visage enfoui dans le drap, et semblait dormir. Son dos était marqué de quelques griffures, là où elle avait enfoncé ses ongles, et elle s'alarma soudain de la sauvagerie de cette passion et de sa propre folie. Pourquoi lui avait-elle confié qu'elle prenait la pilule ? Elle savait parfaitement qu'en faisant l'amour sans préservatif, elle prenait un risque, mais son corps s'en moquait. Même si elle n'avait pas pris la pilule, elle se serait laissé faire. De la folie ! La simple idée de se retrouver enceinte la rendait malade. Il fallait arrêter tout. Définitivement. Chaque fausse couche l'avait anéantie, parce qu'elle aurait tellement voulu avoir un enfant quand elle était mariée avec Wayne. Mais avec Jake Sanderson, c'était complètement différent. Peut-être s'imaginait-il que si elle se retrouvait enceinte, il lui suffirait de payer l'avortement ? La pilule, effectivement, n'était pas fiable à cent pour cent.

Cette idée glaçante la propulsa hors du lit pour se précipiter dans la salle de bains et s'enrouler dans une serviette pour descendre le plus vite possible et s'assurer qu'elle avait bien pris sa pilule la veille au soir. En y repensant, elle n'en était plus si certaine…

Elle n'avait pas dépassé le pied du lit que la voix de Jake résonna.

— Abby ? chuchota-t-il d'une voix pâteuse.

En le voyant tâter de la main sa place vide, elle s'immobilisa. Il se retourna et s'assit.

— Où vas-tu ?

— En bas. Je veux vérifier quelque chose.

— Quoi donc ?

— Brusquement, je me suis demandé si j'avais bien pris ma pilule, hier soir. Mais si j'ai oublié, ne t'en fais pas, je prendrai la pilule du lendemain car je n'ai pas plus envie que toi d'avoir un enfant. Désormais, mieux vaut utiliser un préservatif, la pilule n'étant pas absolument sûre.

— C'est vrai. À partir de maintenant, je mettrai un préservatif pour éviter tout accident.

Normalement, elle prenait sa pilule à 18 heures, et il était presque 1 heure, constata-t-elle en jetant un coup d'œil au réveil posé sur la table de nuit. Il fallait absolument qu'elle vérifie. Une fois descendue dans la cuisine, elle se précipita sur son sac. Dix secondes plus tard, elle sanglotait presque de soulagement en constatant que l'emplacement de la pilule de la veille était vide. Néanmoins, son cœur battait si fort qu'elle chercha quelque chose pour se calmer. Certainement pas du café. Du vin, peut-être ? Une minute plus tard, elle remontait l'escalier avec deux verres et la bouteille de vin doux prévue pour le dessert à laquelle ils avaient à peine touché, horrifiée à l'idée qu'en quelques heures Jake ait pu la transformer à ce point. Et faire d'elle une femme pleine de désirs qu'il était visiblement disposé à satisfaire.

Quand elle entra dans la chambre, le lit était vide et elle l'aperçut qui sortait de la salle de bains, complètement nu, alors qu'elle était toujours drapée dans sa serviette. Elle le contempla sans vergogne : avec ses larges épaules, son ventre plat, ses hanches minces et ses longues jambes, il était superbe. Son torse et son ventre étaient couverts d'une toison brune, mais pas trop abondante. Son sexe était magnifique. Elle n'y avait pas encore posé les lèvres, mais elle avait terriblement envie de le faire.

— Tout va bien, dit-elle. J'ai pris ma pilule.

— Parfait. Et maintenant, si tu te débarrassais de cette serviette, répondit-il en s'adossant à ses oreillers pour s'asseoir dans le lit.

— Je ne peux pas. J'ai les mains pleines.

— Alors, approche, je vais m'en charger, dit-il avec un sourire en coin.

Elle obéit et il lui ôta la serviette en la couvant d'un regard brûlant jusqu'à ce qu'elle sente les bouts de ses seins se raidir d'excitation. Puis il lui prit la bouteille et les verres qu'il posa sur la table de chevet avant de les remplir à moitié et de lui en tendre un.

— Bois.

Elle obéit. Cul sec.

Lui-même, s'abstenant de boire, posa son verre à côté de la bouteille et il y trempa l'index avant d'en humecter les pointes des seins d'Abby.

— Tu aimes ?

Incapable de prononcer un mot, elle acquiesça d'un signe. Il la débarrassa de son verre vide qu'il posa sur la table de chevet avant de l'attirer à lui sur le lit et la fit asseoir à califourchon sur ses cuisses. Elle le regarda en ouvrant de grands yeux, et il comprit qu'elle était aussi innocente qu'il le soupçonnait : jusque-là, personne ne lui avait humecté les seins avec du vin, encore moins le clitoris, et sa surprise excita Jake davantage encore. Il versa du vin sur son autre sein avant d'y poser ses lèvres. Elle poussa un long gémissement qui lui plut beaucoup. Il adorait son innocence, mais cela le tracassait un peu car il sentait que s'il n'y prenait pas garde, elle risquait de tomber amoureuse de lui, ce qu'il ne voulait à aucun prix.

Abby, qui adorait la sensation de la langue de Jake sur ses seins, la façon dont il les léchait et dont il les agaçait du bout des dents, poussa un grognement de protestation lorsqu'il releva la tête.

— Que se passe-t-il ? demanda-t-elle en voyant le visage de Jake s'assombrir et exprimer une véritable frustration.

— J'ai peut-être tort de te dire ça maintenant, mais il ne faut pas que tu tombes amoureuse de moi. Tu le comprends ?

Elle se trouva complètement prise de court. Cette nuit, elle n'avait eu en tête que le plaisir physique et aucune pensée romantique. Pourtant, en y repensant, elle risquait bien de s'enticher de Jake. Mais de là à tomber amoureuse ? C'était d'autant plus difficile à imaginer que, jusqu'à ce que les circonstances l'y obligent – juste au moment où il venait de rompre avec sa petite amie –, jamais il ne lui avait témoigné le moindre intérêt.

Abby n'était pas stupide, et elle comprenait que la soudaine sollicitude qu'il lui témoignait était bien commode pour lui : s'il la désirait, c'était seulement parce qu'il l'avait sous la main et qu'elle était assez jolie pour lui plaire. Wayne, lui, la désirait malgré ses dents tachées. Et peut-être son mari ne lui faisait-il pas battre le cœur aussi vite que Jake, mais il méritait d'être aimé. Jamais elle ne pourrait vraiment aimer quelqu'un qui n'éprouvait pour elle qu'une simple attirance physique. Jamais un tel homme ne pourrait retenir son cœur ni son âme.

— Je ne suis pas intéressé par le mariage, ni par les enfants, ajouta-t-il pour bien mettre les choses au point.

— Je le sais, Jake, répondit-elle froidement. Inutile de revenir là-dessus, ta réputation est faite. D'ailleurs, moi non plus, je ne désire ni me remarier ni avoir d'enfant. Je n'attends de toi que du sexe, alors, ne te tracasse pas.

Il la contempla avec étonnement.

— C'est la vérité, reprit-elle en imaginant ce que lui aurait dit Megan.

« Tu as découvert les plaisirs de la chair, eh bien, profites-en tant que tu peux parce qu'un homme comme Jake ne tardera pas à aller voir ailleurs. »

Elle se sentit alors confortée dans la conviction que ce qui l'intéressait chez lui, c'était le sexe, pas l'amour.

— Je t'assure que je ne vais pas tomber amoureuse de toi.

— J'ai beau me sentir rassuré, tu en as l'air si convaincue que ce n'est guère flatteur.

— Excuse-moi.

— Inutile. J'apprécie ta franchise. Et maintenant, où en étais-je ?

Avant qu'il ait pu de nouveau se pencher sur ses seins, Abby se redressa. C'est elle qui allait prendre l'initiative.

— Jake, dit-elle en plongeant son regard dans le sien, même si elle se sentait un peu nerveuse, puisque tu aimes la franchise, puis-je me montrer franche envers toi ?

— Je t'en prie, répondit-il en s'adossant à son oreiller.

Elle rassembla tout son courage pour pouvoir parler.

— Voilà… Moi… avant toi, je n'avais couché qu'avec un seul homme, mon mari. J'ai aimé Wayne, mais… Disons… que, du point de vue sexuel, ça ne s'est jamais passé aussi bien qu'avec toi. Jusque-là, jamais je n'avais eu d'orgasme en faisant l'amour et jamais je n'avais fait le genre de choses dont on parle dans les livres et que j'ai envie de faire… euh… avec toi.

Un aveu difficile, d'autant plus que Jake avait les yeux rivés sur elle, sans qu'elle parvienne à déchiffrer son expression. Il n'était sans doute pas ravi de l'entendre et elle aurait de loin préféré avoir de l'expérience dans ce domaine.

— Je vois, dit-il d'un air indéchiffrable. Quelles choses ?

Elle fit son possible pour ne pas rougir. Elle devait continuer à dire la vérité sans laisser ses nerfs prendre le dessus, telle une adolescente.

— Eh bien, tout d'abord, le sexe oral. Je crois que ça me plairait bien, mais je veux le faire comme il faut, alors il va falloir que tu me montres.

En se réveillant ce matin-là, Abby éprouva une merveilleuse sensation de bien-être avant même de se rappeler où elle se trouvait et ce qui s'était passé au cours de la nuit. Elle se redressa brusquement et découvrit que le lit était vide, Dieu merci. Si Jake avait été couché à côté d'elle, elle serait sûrement morte de honte.

Ce qui lui avait semblé parfaitement naturel et même nécessaire durant la nuit lui paraissait maintenant horrible et absolument décadent. Elle se rappela qu'elle avait avoué à Jake qu'elle n'avait jamais joui en faisant l'amour auparavant et qu'elle lui avait demandé comment… Elle serait restée là indéfiniment, à se faire des reproches, s'il n'avait pas surgi dans la pièce avec deux mugs de café fumant, un sourire chaleureux aux lèvres, vêtu d'un simple jean.

Elle s'empressa de relever le drap sur ses seins nus.

— Allons, allons, pas de fausse pudeur, murmura-t-il

en s'approchant du lit. J'ai déjà vu ta poitrine magnifique, sans mentionner le reste de ton corps adorable.

Ce compliment, et le naturel avec lequel il lui était adressé, balaya la gêne d'Abby. Elle comprit que si elle voulait continuer à faire l'amour avec lui – et elle en avait bien l'intention –, il lui fallait comprendre quel comportement il attendait d'une femme. Mais ce n'est pas pour autant qu'elle était prête à devenir exhibitionniste.

— C'était la nuit dernière, répliqua-t-elle sans se découvrir. Durant la journée, je n'ai pas coutume de m'exhiber.

— Dommage, dit-il en posant l'un des mugs à côté d'elle sur la table de chevet. Peut-être devrais-tu faire un essai.

Abby se demanda si elle n'avait pas eu tort de trop lui en raconter sur sa vie sexuelle. Peut-être risquait-il de se dire qu'il pouvait exiger d'elle tout et n'importe quoi ?

— Je me demande si tu ne souffres pas d'un syndrome sévère du lendemain matin, reprit Jake en s'asseyant à côté d'elle sur le lit.

Elle haussa les épaules et réussit à soulever son mug plein de café brûlant tout en maintenant le drap en place de l'autre main

— Probablement, répondit-elle après avoir avalé une gorgée.

— Qu'est-ce qui te pose problème ?

— Je ne sais pas comment me comporter ce matin. Et ça me gêne d'autant plus que je travaille pour toi.

— Ça n'a rien de gênant, répondit-il avec un petit sourire sexy. Au contraire, comme ça, tu seras chaque matin chez moi, à pied d'œuvre.

— Je ne veux pas devenir ta maîtresse cachée, Jake, protesta-t-elle, même si elle commençait à soupçonner qu'elle était prête à tout accepter du moment qu'il continuait à lui faire l'amour.

— Et si tu étais tout simplement ma petite amie ? Officielle… Si ça te fait plaisir, je peux l'annoncer au monde entier lundi prochain au cours de mon show. Ou le mettre aujourd'hui même sur Twitter. Ma superbe intendante et moi sommes désormais en couple.

— Surtout pas ! s'écria-t-elle, horrifiée.

— Et pourquoi ?

— Ma sœur est folle de Twitter. Et de ton show.

— Et tu ne veux pas qu'elle sache que nous sommes ensemble ?

— Non !

— Mais pourquoi ? Ça risque de la choquer ?

Parce que, justement, Megan avait deviné ce qui venait de se produire.

— Sans doute pas, mais elle va en faire toute une histoire et vouloir connaître les détails. Et à ce stade, je n'ai aucune envie de répondre à ses questions.

— Donc, en fait, c'est toi qui me demandes d'être ton amant secret.

Abby comprit soudain que c'était exactement ce qu'elle voulait car elle n'était prête à partager cette expérience incroyable avec personne. Elle ne voulait rien gâcher. Elle refusait que sa sœur cynique l'avertisse que cette relation ne durerait pas. D'ailleurs ce n'était pas une relation, juste du sexe, voilà tout.

— Ça t'ennuie ?

Effectivement, cela ennuyait Jake. Et même beaucoup parce qu'il n'avait pas envie qu'Abby le considère comme un simple objet sexuel, mais comme son amant. Ce qui ne manquait pas d'ironie puisque cela faisait des années qu'il considérait lui-même les femmes comme des objets sexuels.

Mais, en cet instant, il n'avait aucune envie d'en discuter.

— Si c'est ce que tu veux…, dit-il en haussant les épaules nonchalamment.

— Tu es cool, n'est-ce pas ?

Il préféra mentir car il avait décidé de jouer la partie sur ce mode-là, de faire ce qu'elle voulait, même s'il n'avait pas la moindre intention de se cantonner longtemps au rôle d'amant secret.

— Très cool… Et maintenant, si nous partions en week-end ? En Ferrari ? Tu peux même la conduire si tu veux.

— J'adorerais, mais si on va quelque part ensemble, les gens risquent de te reconnaître.

— Peut-être. Ou peut-être pas. Avec des lunettes de soleil et une casquette, c'est plus difficile. Sauf que si je réserve pour la nuit, je serai trahi par mon nom sur ma carte de crédit. Mais toi, ton identité restera secrète. Enfin, pour quelque temps, parce qu'on finira forcément par la découvrir et ta sœur sera au courant, même si tu ne lui dis rien. Les médias sont des pieuvres aux tentacules aussi longs que pénétrants. Alors, quand on sera rentrés, dimanche soir, tu ferais mieux de lui passer un coup de fil.

— Je verrai bien, dit-elle, toujours réticente.

Elle se sentait flattée que Jake veuille faire d'elle sa petite amie officielle, mais pas très à l'aise dans ce rôle. Elle n'avait pas fait d'études ni voyagé, et même au lit, elle n'avait aucune expérience. Peut-être était-ce d'ailleurs ce qui plaisait à Jake chez elle, un peu comme l'héroïne plaît à Max de Winter dans *Rebecca* – parce qu'elle est tout le contraire de sa femme défunte si décadente. Peut-être l'attirait-elle parce qu'elle était banale et ordinaire, contrairement à ses ex-petites amies, toujours si branchées et si glamour.

Évidemment, il ne la demanderait pas en mariage, contrairement au héros de *Rebecca*. D'abord, il était contre le mariage, et puis, aujourd'hui, les hommes n'avaient plus à se marier pour profiter des plaisirs de la chair. Les femmes non plus d'ailleurs, songea Abby, parcourue par un frémissement tandis qu'elle contemplait le corps superbe de Jake. Elle avait hâte de l'avoir tout à elle car elle avait encore tant à apprendre et tant d'expériences à faire.

— Continue à me regarder de cette façon, chérie, et nous risquons de passer toute la journée ici, murmura soudain Jake.

En voyant rougir Abby, Jake se leva, de peur de céder à la tentation et de mettre sa menace à exécution. Si excitant que fût le sexe avec elle, il ne tenait pas à ce que leur relation se limite à cela et désirait jouir de sa compagnie aussi hors de son lit. Il voulait lui montrer tous les lieux qu'elle ignorait et partager avec elle les merveilles du monde.

Pourtant, cette idée le chiffonnait un peu. Jamais il n'avait sillonné les océans en compagnie d'une femme, au-delà de quelques jours passés dans un hôtel des mers du Sud. Mais avec Abby, il en avait envie, sans oublier qu'il était vraiment fatigué d'animer ce show stupide. Et puis il n'appréciait plus beaucoup de ne plus pouvoir aller nulle part sans qu'on le reconnaisse. Il avait prétendu que cela ne le gênait pas, en réalité, il n'en pouvait plus.

Sa décision était prise. Il allait se débarrasser de son show dès que possible pour faire quelque chose de plus excitant, qui donne du sens à sa vie. Mais une chose après l'autre.

— Je vais nous préparer un petit déjeuner pendant que tu prends ta douche et que tu t'habilles. Ensuite, nous irons vers le nord. Peut-être vers Port Macquarie, ce n'est pas trop loin. Tu y es déjà allée ?

— Je n'ai jamais quitté Sydney. Ou plutôt si, pour une sortie scolaire à Canberra quand j'avais douze ans.

— Comment as-tu trouvé notre capitale ?

— Je ne me rappelle pas très bien. Je n'y suis restée que deux jours et j'ai eu terriblement froid.

— C'est beaucoup plus agréable en cette saison. Tu veux y retourner ?

— Ça m'est égal, en fait. Je te laisse décider.

— Alors, allons à Canberra.

— Il faut d'abord que tu me ramènes chez moi pour me changer et prendre quelques vêtements. Je n'ai que la robe que je portais hier soir.

— Tu n'as pas peur que ta voisine nous mette le grappin dessus ?

— Le samedi, elle ne se lève jamais avant midi.

— Effectivement, à cette heure-là, nous serons repartis.

Et maintenant, allons-y. La patience n'est pas ma vertu cardinale.

— Quelles sont tes principales vertus ? demanda-t-elle avec une étincelle narquoise dans le regard.

— L'honnêteté, je crois. Et la franchise. Mais assez de bavardages. Debout !

Il quitta la chambre et Abby resta assise quelques instants, en se disant que ce n'étaient pas les seules vertus de Jake. Il était aussi généreux et attentionné. Il avait vraiment aimé son oncle et exécuté ses dernières volontés, même si, au départ, il n'en avait visiblement aucune envie. À moins que…

— Je n'entends pas la douche !

La voix de Jake semblait retentir dans toute la maison.

— J'y cours, répondit Abby en posant son mug pour écarter sa couette.

Elle ne chantait jamais sous la douche, sauf ce jour-là, parce qu'elle n'avait jamais été aussi heureuse, depuis le jour où elle s'était fait poser ses couronnes de porcelaine. Jamais elle ne s'était sentie si divinement légère, comme s'il lui était poussé des ailes. Ni si excitée. Un instant, l'idée qu'elle était en train de tomber amoureuse de Jake lui traversa l'esprit, mais elle refusa de le croire. Elle l'appréciait énormément, et le désirait plus encore, mais c'était tout.

Pourtant, tandis qu'elle dégustait le délicieux petit déjeuner qu'il lui avait préparé, elle dut reconnaître que s'il continuait à la gâter ainsi, ses sentiments pourraient bien évoluer. Mais qu'importe, aujourd'hui, elle avait envie de s'amuser en toute liberté, comme jamais elle ne s'y était autorisée. Et de conduire la Ferrari. Incroyable !

— Tu es un bon cuisinier.

— Je ne sais faire que des basiques comme le steak et la salade, et les œufs au bacon. Mais je serais incapable de cuisiner un repas aussi merveilleux que celui que tu nous as servi hier soir.

— Il n'avait rien d'extraordinaire…

— Je l'ai particulièrement apprécié. Et Sophie aussi.

— Ta sœur est très sympa, Jake. Vous avez l'air très proches.

— C'est vrai. Nous sommes les seuls de notre fratrie à être restés célibataires. Tous les autres sont mariés et ont des enfants.

— Vous devez être nombreux à Noël ! Ils vivent tous à Sydney ?

— Oui, et, tu as raison, ça fait beaucoup de monde. Pour le jour de Noël, j'ai déjà réservé un bateau à quai dans le port, car personne ne possède une maison assez grande pour tous nous loger, sauf quand certains le passent dans leur belle-famille, ce qui ne semble pas être le cas cette année. Et chez toi, Abby, combien êtes-vous ?

— Seulement Megan et moi. Et le petit Timmy, bien sûr.

— Et vos parents ?

— Ils sont morts. Papa a été tué dans une bagarre quand j'avais dix-sept ans, et maman a succombé à une overdose accidentelle peu de temps après.

Jake fut frappé par le ton détaché sur lequel Abby rapportait ces événements qui avaient pourtant dû l'affecter énormément.

— Quelle tristesse !

— Oui, mais c'étaient vraiment des parents terribles, toujours fourrés au pub. Il n'y avait jamais d'argent pour Megan et moi. Ils n'aimaient que l'alcool.

Jake ne répondit pas. Il devait sûrement penser qu'elle venait d'une famille du quart-monde et regrettait sans doute de lui avoir proposé de devenir sa petite amie.

— Ce n'est pas une belle histoire, reprit-elle avec un peu d'agressivité dans la voix.

— Comment, avec ta gentillesse naturelle, as-tu réussi à survivre ?

Elle sentit les larmes lui monter aux yeux.

— Tu ne vas pas te mettre à pleurer ? ajouta-t-il sur un ton plein de sollicitude.

Elle faillit éclater de rire. Visiblement, il n'aimait pas

les pleurnicheuses, même si ses copines devaient verser des torrents de larmes quand il rompait, comme il finissait toujours par le faire. Il y avait là de quoi se sentir refroidie, et elle se jura de ne pas l'oublier.

— Mais non. Et maintenant, si je faisais un peu de ménage pendant que tu te prépares. À propos…

— Oui ?

— Euh… N'oublie pas d'emporter des préservatifs.

Cette remarque très terre à terre parut le décontenancer, et Abby se dit qu'il ne devait pas en avoir envie. Elle non plus d'ailleurs, mais elle se refusait à perdre complètement la tête.

— Combien en as-tu ici ? s'enquit-elle, surprise par sa propre audace.

Surprise, mais pas mécontente. Ce nouvel aspect de sa personnalité n'était pas pour lui déplaire.

— Je ne sais pas au juste. Il y en a une boîte pleine dans la salle de bains du haut, quelques-uns dans un tiroir de la table de chevet, deux dans la boîte à gants et deux dans mon portefeuille. Deux douzaines en tout. Ça te paraît suffisant ?

Elle faillit éclater de rire, mais réussit à garder son calme.

— Je n'en sais rien. Je ne peux me baser que sur la nuit dernière, mais je suppose que, pour toi, c'est sans doute une exception et que tu ne tarderas pas à te calmer. Tu n'es plus un ado, Jake, et à propos, quel âge as-tu ? La petite quarantaine ? Ou un peu moins, peut-être ?

Il la contempla longuement, avant de sourire d'un air amusé.

— Tu te moques de moi ?

— Et toi, tu te moques de moi ?

— Alors, tout va bien. Et puisque tu me poses la question, j'ai trente-quatre ans et je me sens en pleine forme. Alors, cette nuit, gare à toi, tu risques de crier grâce avant que j'en aie terminé.

— Ce qui signifie qu'il va me falloir attendre jusqu'à ce soir ?

Jake tendit vers elle un doigt menaçant.

— Tu mériterais que je te prenne au mot, mais pas question. Tu es prête à partir ?

9.

— Tu avais raison, déclara Abby en fermant les yeux, les cheveux au vent. Rouler en Ferrari décapotée, c'est un vrai plaisir que je m'accorderais bien tous les jours si je le pouvais.

— Désolé, mais le week-end seulement. La prochaine fois, on ira dans le Nord, à Port Macquarie.

— Peu m'importe où nous allons, du moment que c'est dans cette superbe voiture, répondit-elle en se tournant vers lui.

Et du moment que je suis avec toi.

— Parfait. Et maintenant, veux-tu qu'on s'arrête pour déjeuner ou qu'on file vers Canberra ?

— Je n'ai ni faim ni envie de m'arrêter. Si ça te convient, on déjeunera à Canberra.

— Tes désirs sont des ordres et me conviennent parfaitement, répondit-il avec un large sourire.

Abby sentit son cœur se serrer. Il avait beau dire, tout ce qu'il attendait d'une femme, c'était surtout un corps dans son lit et, à la rigueur, une compagnie pour la journée. Une fille tranquille qui s'adapte à son mode de vie et qui ne lui demande surtout pas plus qu'il n'était prêt à donner. Si elle voulait plus, c'était la rupture assurée. Si elle le poussait dans ses retranchements, elle n'aurait qu'à s'en prendre à elle-même.

À porter au crédit de Jake, il avait été très franc et clair dans ses intentions. Ou plutôt dans son absence d'intentions. D'ailleurs, il avait fait figurer la franchise parmi ses qualités. Donc, il ne lui avait pas menti en disant qu'elle ne se mettait pas en danger même s'il n'utilisait pas de préservatif.

Ce qui lui rappela les orgasmes incroyables qu'elle avait éprouvés la nuit précédente. Jamais elle n'aurait cru pouvoir ressentir autant de plaisir. Quand Megan lui disait qu'elle adorait le sexe, au point de ne pas pouvoir s'en passer, Abby la prenait pour une nymphomane. Mais maintenant qu'elle comprenait ce que sa sœur voulait dire, elle savait que, ce soir, elle aurait vraiment besoin de faire l'amour avec Jake. Déjà, à la seule perspective de se retrouver au lit avec lui, elle sentait le désir envahir son corps et embraser son ventre. Elle allait avoir le plus grand mal à attendre le soir, mais que faire d'autre ? Pas question de s'humilier devant lui en se jetant à sa tête pour réclamer quoi que ce soit.

Elle l'observa du coin de l'œil. Avec ce jean gris délavé associé à un polo blanc, ces lunettes de soleil et cette casquette de base-ball noire, il était beaucoup plus difficile de reconnaître en lui Jake Sanderson, le célèbre animateur de la télé, une des personnalités les plus facilement identifiables de Sydney.

Aujourd'hui, Abby n'avait aucune envie de le partager avec son public d'adorateurs. Ni aucun autre jour d'ailleurs. Être harcelé par des étrangers en quête d'autographes était vraiment horrible. Des gens qui se demanderaient sûrement en la voyant ce que Jake faisait avec une fille inconnue et totalement dénuée d'intérêt.

Bien sûr, depuis qu'elle était mieux habillée et maquillée, sans doute était-elle plus attirante, mais jusque-là, Jake était toujours sorti avec des stars du cinéma ou des podiums, ou avec des présentatrices glamour, des filles connues qui ne s'habillaient pas dans les solderies. Ce matin, en enfilant la tenue qu'elle avait mise le samedi précédent pour aller acheter sa voiture, elle s'était trouvée plutôt séduisante. Et elle s'était dit – peut-être à tort d'ailleurs – que ce pantalon blanc moulant et ce haut à pois étaient assez classe. Mais elle se trompait sans doute.

Elle détourna la tête pour regarder le paysage, désolée de se sentir perdre toute assurance. *Arrête ça, tu es parfaite.*

Mais elle ne put s'empêcher de se demander ce qu'elle allait dire à sa sœur le dimanche soir. Elle aurait beaucoup de mal à garder longtemps le secret sur ses relations avec Jake.

Dès lors, Megan ne manquerait pas de constater d'un air ravi : « Je te l'avais bien dit. » Ce n'est pas l'aspect sexuel qui risquait de la choquer, mais le fait que Jake puisse l'avoir choisie comme petite amie. Abby imaginait déjà avec quel cynisme Megan réagirait à cette découverte.

Mais mieux valait ne plus y penser et profiter pleinement de cette journée. À quoi bon s'imaginer à l'avance Megan en train de l'avertir que cela n'allait pas durer ? Elle le savait déjà. Même si elle n'était pas d'une intelligence supérieure, elle n'était pas non plus stupide, donc elle savait qu'un jour, elle recevrait sa lettre de licenciement, c'était inévitable, et à ce moment-là, il serait bien temps d'y faire face. D'ailleurs, n'était-ce pas ce que préconisait la locution latine : *carpe diem* ? Ne pas se soucier du passé ni du futur, mais goûter l'instant présent. Elle se trouvait dans une belle voiture, avec un homme superbe, et elle ne laisserait rien ni personne lui gâcher cette journée.

— Veux-tu que je mette un peu de musique ? dit Jake comme s'il pensait qu'elle s'ennuyait.

— Non, merci, je veux seulement me détendre et profiter du paysage.

Et surtout du moment présent.

— Le paysage n'a rien d'extraordinaire, c'est le problème des autoroutes qui contournent en général les endroits intéressants.

— Je ne m'intéresse pas vraiment au paysage, mais j'essaie de profiter de cette sortie. Et de ta compagnie, ajouta-t-elle en souriant.

Moi aussi, se dit Jake qui avait de plus en plus envie d'emmener Abby à l'autre bout du monde. Mais pas question de le lui dire, c'était bien trop tôt. Non pas pour lui, mais pour elle.

— Je peux te poser une question ? s'enquit-il.

— Ça dépend laquelle.

— Oh ! ça n'a rien de personnel ! En attendant chez toi, ce matin, j'ai vu une grosse pile de livres sur la table basse dans le salon et j'ai remarqué beaucoup de romans que mon oncle adorait. Je me suis également rappelé que tu m'avais demandé s'il t'avait laissé des livres. C'est lui qui te les a donnés, je suppose ?

— Pas vraiment, il m'a simplement fourni une liste de livres que, selon lui, toute femme qui se respecte se devait d'avoir lus. Je les ai achetés moi-même d'occasion.

— Et tu les as tous lus ?

— Je suis en train de terminer le dernier : *Rebecca.*

— Lesquels as-tu préférés ?

— Excellente question. Ils m'ont tous plu, mais pas de la même façon. J'avais déjà lu au lycée *Orgueil et Préjugés, Les Hauts de Hurlevent* et *Jane Eyre.* Et j'ai vu au cinéma trois adaptations des *Grandes Espérances,* alors je connaissais déjà la fin, ce qui gâche un peu la lecture, tu ne trouves pas ? Ils sont tous remarquablement écrits, alors, c'est difficile d'en préférer un. Euh… J'ai adoré *Shogun.* L'histoire est prodigieuse et le héros aussi. Et *La Source vive* m'a beaucoup intéressée, même si les personnages principaux sont un peu outranciers, non ?

— Je suis absolument de ton avis. Et que penses-tu de *Ne tirez pas sur l'oiseau moqueur* ?

— C'est une merveilleuse histoire. En la lisant, j'ai pleuré à chaudes larmes. Tout comme pour *Anna Karenine.* Pauvre femme…

— Donc, pas de favori ?

— Pas vraiment. À moins que *Rebecca*… Parce qu'il finit bien.

— Tu en es où ?

— Au moment où elle descend l'escalier, vêtue de la même robe que Rebecca. Je sais déjà que Max ne va pas en être ravi.

— Effectivement, mais tu n'es pas au bout de tes surprises.

— Ne m'en dis pas plus !

— Visiblement, tu n'as pas vu le film.

— Je ne savais même pas qu'il y en avait un.

— Il a été tourné dans les années quarante, deux ans seulement après la publication du roman, par Alfred Hitchcock. Laurence Olivier joue Max et Joan Fontaine, l'héroïne dont on ne connaît pas le nom. Je t'en donnerai une copie quand tu auras terminé le livre.

Elle le fixa, incrédule, mais très intéressée.

— Comment peux-tu donc t'en procurer une copie ?

— Sur Internet, comme beaucoup de choses aujourd'hui.

— On la regardera ensemble ? demanda-t-elle, au comble du bonheur.

— J'en serais ravi. C'est un grand film. Il plaisait beaucoup à Craig, mais pas autant que le livre.

— Ton oncle était un lecteur passionné, n'est-ce pas ?

— Oui. Il aimait tous les genres de littérature, des livres les plus difficiles jusqu'à la science-fiction. Même chose pour la musique : il adorait le classique, mais aussi le country, le rock et même le rap. Il n'avait rien d'un snob.

— Il doit te manquer.

Jake, qui sentit son cœur se serrer, dut respirer à fond.

— Je lui en veux de ne pas m'avoir dit qu'il était en phase terminale.

— Je te comprends. Il aurait dû le faire.

Jake haussa les épaules. Il ne voulait pas gâcher ce moment à parler de sa tristesse. Toutefois, il repensa à ce que son oncle avait écrit dans sa dernière lettre, concernant le fait de profiter pleinement de la vie, et, brusquement, il se dit qu'il allait partir dès maintenant avec Abby à l'autre bout du monde.

— Tu as un passeport ? s'enquit-il.

— Non. Pourquoi ?

— Il va falloir t'en faire faire un. En janvier, nous partirons pour Hawaï.

— C'est une plaisanterie ? Tu veux que je t'accompagne à Hawaï ?

— Et aussi en Amérique. D'abord en Californie et à Las Vegas. Ensuite à New York, et après en Europe, quand il fera meilleur. L'Europe en hiver ne plairait pas à une fille qui n'a jamais quitté l'Australie.

— Et ton show ? Tu ne dois pas rester à Sydney ?

— J'en ai assez de ce show. Comme il y a un acheteur qui me harcèle depuis des mois, je vais le vendre. Tu vas adorer l'Europe, Abby, et l'Asie aussi, surtout le Japon.

— En janvier, tu n'auras peut-être plus envie de m'emmener nulle part, répondit-elle d'une voix qui tremblait un peu.

— Pourquoi ? demanda-t-il, visiblement surpris.

— Parce que tu te seras lassé de moi.

— Ça me semble très improbable. Que se passe-t-il, Abby ? Tu ne veux plus partir ?

— Si, bien sûr. Mais une fois qu'on sera à l'autre bout du monde, si tu en as assez de moi, tu ne m'abandonneras pas n'importe où, n'est-ce pas ?

Jake fut si choqué qu'il faillit sortir de la route et dut redresser le volant en catastrophe.

— Mais tu me prends pour qui ? lança-t-il après avoir ralenti. Jamais je ne ferais une chose pareille, et je ne me lasserai pas de toi ! Comment peux-tu penser ça ?

— D'après Megan, tes petites amies ne restent pas longtemps en poste.

Il leva les yeux au ciel en insultant *in petto* les tabloïdes qui se repaissaient de chacune de ses ruptures et le présentaient comme un play-boy de la pire espèce.

— D'abord, ce n'est pas toujours moi qui romps : les femmes proclament haut et fort qu'elles ne veulent pas se marier, mais elles finissent toujours par y venir, et pour moi, c'est un motif de rupture. Toi, la nuit dernière, quand tu m'as dit que tu n'envisageais pas de te remarier, tu avais l'air très sûre de toi. Ai-je eu raison de te croire ?

— Absolument.

Jake se demanda si cette aversion pour le mariage venait du fait qu'elle avait trop aimé son mari, ou si, au contraire, il s'était comporté d'une façon qui lui faisait redouter de s'engager à nouveau. Il voulait le savoir.

— Mais pourquoi ? Qu'est-ce qui t'empêche d'envisager la possibilité de te remarier ?

Abby se raidit. Elle n'avait jamais imaginé que la conversation allait prendre ce tour-là. Ni que Jake allait lui proposer de l'accompagner à l'autre bout du monde. Il fallait qu'elle trouve une explication, sinon il risquait de renouveler son offre. La perspective de parcourir toutes ces villes merveilleuses avec Jake était terriblement tentante, mais que dire ? Certainement pas la vérité. Brusquement, un épisode qu'elle avait lu récemment lui revint à l'esprit.

— Si tu veux le savoir, ma raison est la même que celle de Scarlett, dans *Autant en emporte le vent*, quand Rhett la demande en mariage.

— Excuse-moi, mais je ne me rappelle plus ce qu'elle lui dit.

— Elle lui dit qu'elle n'aime pas le mariage.

— Ah, oui, je m'en souviens. Mais c'est parce qu'elle n'aime pas le sexe. Toi, peut-être n'as-tu pas aimé le sexe avec ton mari, mais avec moi, c'est complètement différent.

Ce qui, d'après Jake, voulait dire qu'elle finirait par changer d'avis et par vouloir se marier avec lui.

— Pas du tout. Dans le mariage, ce n'est pas le sexe qui m'a déçue. J'aimais faire l'amour avec Wayne, même si je ne jouissais pas autant qu'avec toi. Mais je regrettais d'avoir perdu mon indépendance et ma liberté. Au début, j'ai cru que j'avais envie d'être une femme au foyer, à l'ancienne mode, mais la vérité, c'est que je n'avais pas assez confiance en moi pour affronter la vie. J'ai cru que mon seul désir, c'était d'être une bonne mère et une bonne épouse. Wayne était très gentil et il m'adorait malgré mes vilaines dents, mais, au final, je n'étais pas vraiment heureuse.

Et c'était peu dire, songea-t-elle en ravalant les larmes qui lui montaient aux yeux.

— Aujourd'hui, je suis contente que nous n'ayons pas eu d'enfant, reprit-elle, mentant un peu. Après mon deuil, j'ai décidé de sortir de chez moi et de me mettre au travail. Mais, auparavant, je devais me faire arranger les dents, sinon, jamais je n'aurais eu suffisamment d'assurance pour passer un entretien. Ceci dit, quand je me suis présentée chez toi, j'étais vraiment terrorisée.

— Effectivement, tu m'avais semblé un peu nerveuse.

— J'ai été surprise que tu m'embauches. Surprise et reconnaissante, et ça m'a donné confiance en moi. Mais ce qui m'a vraiment transformée en profondeur, Jake, c'est ma rencontre avec ton oncle. Il m'a fait prendre conscience de mon intelligence et de mes possibilités, ce qui m'a rendue plus courageuse. C'est merveilleux qu'il m'ait offert cette voiture neuve et cet argent pour voyager, mais il m'a légué beaucoup plus encore : naguère, jamais je n'aurais osé coucher ni passer le week-end avec toi, encore moins envisager de voyager en ta compagnie. Mais je suis devenue plus aventureuse et je veux réaliser tout ce que je n'ai jamais pu faire encore, découvrir des lieux où je ne suis jamais allée. Je veux me sentir libre, sans aucun engagement. Je veux m'amuser. Tu me trouves sans doute très égoïste ?

— Pas du tout, puisque c'est exactement ma conception de la vie. Pourquoi crois-tu que je ne veux pas me marier ni avoir d'enfants ? Pendant mon enfance, j'ai observé deux modes de vie différents, celui de mon père et celui de mon oncle. Quand mon père est mort, à quarante-sept ans, il n'était plus qu'une coquille vide, et j'ai tout de suite su quel modèle je voulais suivre. Dès mon adolescence, j'ai pris la décision de rester célibataire et je ne l'ai jamais regretté.

Jusqu'à aujourd'hui. Cette pensée soudaine le perturba et il appuya sur l'accélérateur pour se concentrer sur la route.

— Cette voiture est un véritable pousse-au-crime, déclara-t-il en souriant.

— Tout comme son propriétaire.

— Tu penses donc que je t'ai poussée à faire ce que tu n'aurais pas dû ?

— Ne prends pas cet air désolé. Évidemment que tu m'y as poussée. Et ce n'est pas fini. Mais ne t'en fais pas, j'en profite pleinement.

Pourtant, elle avait beau fanfaronner, l'ancienne Abby était toujours tapie au fond de son cœur, et même la nouvelle Abby avait du mal à comprendre l'intérêt sexuel évident qu'elle provoquait chez Jake.

— Et maintenant, on se tait, dit-il. Il faut que je me concentre sur la route, sinon je vais finir par perdre mon permis.

Abby n'en fut pas contrariée car cela lui permettait de mieux profiter du moment présent. Elle n'avait pas la moindre envie de parler de son mariage qui lui rappelait immanquablement ses fausses couches si douloureuses.

Peut-être la mort de Wayne avait-elle eu au moins l'avantage d'y mettre fin car elle n'aurait pas supporté d'en faire une de plus. C'est pour cette raison qu'elle ne voulait pas se remarier. Ou plutôt qu'elle ne pouvait pas. Mais jamais elle ne l'avouerait à Jake qui pourrait la croire mentalement dérangée. Et il n'aurait pas tort. Elle avait toujours rêvé d'avoir des enfants, et de leur apporter le sentiment de sécurité et l'éducation affectueuse qu'elle n'avait jamais connus. Elle avait été anéantie de ne pouvoir satisfaire cet instinct si essentiel et sa dernière fausse couche l'avait brisée, tout autant que la mort tragique de Wayne. Pendant des mois, elle avait sombré dans la dépression, mais elle avait fini par s'en sortir grâce à une résilience et à un courage qui l'avaient surprise.

Signer son contrat avec l'agence de placement avait constitué un premier pas pour s'engager dans une vie qui n'impliquait ni mariage ni enfants. Dès qu'elle avait commencé à travailler chez Jake, elle avait mis tout l'argent qu'elle pouvait de côté pour réaliser son projet, alors même si Craig ne lui avait rien laissé, elle aurait économisé suffisamment pour voyager. Et pour gagner davantage, elle avait en vue une formation de serveuse. Une fille agréable pouvait toujours trouver du travail dans un pub ou dans un café.

Eh oui, elle le reconnaissait, elle se trouvait agréable, se dit-elle en se regardant dans le rétroviseur extérieur. Assez agréable pour devenir la petite amie de Jake. Elle devait lui avoir fait un certain effet pour qu'il envisage de l'emmener faire le tour du monde. Il avait l'air d'apprécier sa compagnie, même si, en ce moment, il semblait plutôt désabusé puisqu'il avait envie de vendre son show pour voyager. Et qui de mieux pour l'accompagner qu'une femme qu'il trouvait excitante et qui ne manquerait pas d'être impressionnée par tous les lieux qu'il lui ferait découvrir ? Car, inutile de le nier, tous ces endroits allaient forcément l'impressionner.

Mais son manque d'expérience et d'éducation ne finirait-il pas par l'agacer ? Un jour, il s'apercevrait qu'il ne pouvait avoir avec elle les mêmes conversations intellectuelles qu'avec son oncle si cultivé ou avec son ex-petite amie, la présentatrice qui devait sûrement être diplômée en journalisme ou en communication. Aujourd'hui, une présentatrice n'était pas seulement une jolie fille. Il fallait aussi qu'elle soit intelligente. Très intelligente, même.

Soudain, Abby prit conscience que le silence ne lui valait rien puisqu'il engendrait ces pensées très négatives, alors que plus tôt, elle s'était sentie tellement bien… En jetant un regard par la vitre, elle eut la surprise de reconnaître la longue avenue qui menait au centre de Canberra. Bientôt, ils allaient emprunter un pont et passer devant un groupe d'immeubles avant de faire face à la colline herbeuse où se trouvaient l'ancien et le nouveau Parlement.

— J'ai plus de souvenirs que je ne l'aurais cru, dit-elle quand ils approchèrent du pont qui enjambait le lac Burley Griffin, du nom de l'homme qui avait conçu la ville de

Canberra, un architecte américain, mais elle préféra se taire craignant de se tromper.

— L'urbanisme de Canberra est très remarquable, dit Jake.

— Oui. Quelle bonne idée d'avoir construit la ville autour d'un lac.

— Tu sais qu'on peut la survoler en montgolfière ?

— Merci, mais ça ne me dit rien. J'aurais trop peur.

— On ne vit qu'une fois !

— Je préfère garder les pieds sur terre.

— Mais alors, l'avion pour faire le tour du monde ? En bateau, tu risques de mettre longtemps.

— Je suis prête à voler, mais seulement avec une compagnie parfaitement fiable.

— Jamais je ne te laisserai voler avec une autre, tu es trop précieuse. Et maintenant, si nous nous garions dans ce parking pour marcher jusqu'à la National Gallery où se trouve un charmant café ?

Une minute plus tard, quand Jake trouva un emplacement dans le parking souterrain, Abby ne s'était toujours pas remise de sa remarque – « tu es trop précieuse » – et elle se demanda s'il le disait à toutes ses petites amies. Quoi qu'il en soit, cette phrase l'avait profondément perturbée. Elle ne voulait pas tomber amoureuse de lui, mais si ces quelques mots suffisaient à lui faire perdre la tête, cela semblait bien difficile. Elle allait sortir de la voiture quand il l'arrêta.

— Attends.

Ouvrant la portière, il fit le tour de la Ferrari dont il ouvrit la portière avant de lui tendre la main pour l'aider à descendre. Elle faillit lui dire de ne pas faire tant de manières avec elle, mais elle se rappela qu'elle ne lui en avait jamais donné l'occasion jusque-là : ce matin, elle avait conduit sa propre voiture pour rentrer chez elle puis elle s'était changée, et dès qu'elle était sortie, elle s'était précipitée à la place du passager pour éviter d'être vue par un voisin.

— Tu traites aussi bien toutes tes petites amies ? demanda-t-elle en prenant la main qu'il lui tendait.

— Seulement quand elles le méritent, répondit-il en l'aidant à sortir du siège très bas. Et c'est ton cas, ma charmante Abby. En toute chose, tu mérites le meilleur.

— Quel compliment ! Mais n'exagère pas, Jake, et si je te dis qu'aujourd'hui j'ai confiance en moi, il faut me croire.

— Je t'adore, répondit-il en la prenant dans ses bras.

Dans le regard bleu étincelant de Jake elle lut qu'il était sincère. Pour le moment. Mais elle ne pouvait pas s'y fier, elle savait comment se terminaient les amours de Jake.

Elle chassa cette pensée morose. Le moment présent était trop délicieux pour penser à l'avenir.

— J'aurais terriblement envie que tu m'embrasses, mais j'ai une faim de loup, répondit-elle.

En avalant une dernière gorgée de café, Jake se demanda comment profiter au mieux de cet après-midi. Pas question d'arriver à l'hôtel avant 17 heures car, une fois seul avec Abby, il savait qu'il n'aurait plus qu'une idée en tête, et il ne voulait pas passer le week-end au lit. Il désirait lui montrer qu'il appréciait sa compagnie en toutes circonstances pour dissiper sa crainte qu'il ne se lasse vite d'elle.

— Tu as visité cet endroit quand tu es venue avec ta classe ? Pas le café, le musée ?

— Je ne crois pas. Nous ne sommes restés que deux jours. Le matin, nous avons fait le trajet en car, et l'après-midi, nous avons visité les deux Parlements. Puis nous avons passé la soirée dans un parc touristique et, le lendemain, on nous a emmenés dans un centre scientifique dont j'ai oublié le nom.

— Questacon ? Ce n'est pas loin d'ici.

— J'ai trouvé ça plutôt ennuyeux.

— Mais la National Gallery va te plaire. Elle contient des peintures et des sculptures magnifiques.

— Je ne connais rien à l'art, tu sais, dit Abby d'un air sceptique.

— Tant mieux, ça t'évitera les idées préconçues. Et promets-moi de ne pas dire que ça te plaît simplement parce que c'est dans un musée. Certaines acquisitions ont été très controversées. Tu as entendu parler de Blue Poles ?

— Ça me dit vaguement quelque chose.

— C'est une œuvre très connue de Jackson Pollock, que le musée a achetée 1,3 million de dollars en 1972. Pour dépenser autant d'argent, il leur a fallu l'autorisation du Premier ministre. Aujourd'hui, on dit qu'elle vaut 20 millions, donc ce n'était pas un mauvais investissement. On va aller la voir, ajouta-t-il en la prenant par la main.

— C'est immense…

Telle fut la première réaction d'Abby quand elle se retrouva devant ce tableau qui mesurait deux mètres sur cinq.

— C'est vrai.

— L'artiste a dû monter sur un escabeau pour peindre le haut.

— En fait, quand il l'a peinte, la toile était posée sur le sol. Mais peu importe. Est-ce que ça te plaît ?

Abby recula pour contempler l'œuvre un long moment.

— Je n'arrive pas à décider si c'est superbe ou si c'est une imposture, comme dans *Les Habits neufs de l'empereur*.

Jake sourit. C'était bien d'Abby de mettre en question une toile qui était considérée comme le chef-d'œuvre de Jackson Pollock.

— Non, je retire ce que j'ai dit, reprit-elle après un instant. Cette peinture commence à me plaire, même si on a du mal à l'imaginer dans son salon.

— Tu as raison.

— Mais je ne serais certainement pas prête à l'acheter 20 millions de dollars, ajouta-t-elle.

— Moi non plus, dit une voix, juste derrière eux.

Jake la reconnut immédiatement et se retourna.

— Tony Green ! Vieux pirate ! Qu'est-ce que tu fais là ? s'écria-t-il avant de serrer contre son cœur un grand homme maigre à la barbe sombre. Je pensais ne jamais te revoir en Australie.

— Moi non plus ! Jusqu'à ce qu'une balle te fasse changer d'avis…

Abby frissonna, tandis que Jake se contentait de hausser les épaules.

— De toute façon, Tony, j'en avais assez, et j'avais envie de rentrer chez moi. Mais avant que nous allions boire un verre ensemble, je me dois de faire les présentations, dit-il en prenant Abby par la main. Abby, je te présente Tony Green, le cameraman le plus intrépide du monde. Si tu veux travailler avec lui, c'est à tes risques et périls.

— Et c'est toi qui dis ça ! protesta Tony. Ce type est un fou dangereux. Je l'avais pourtant prévenu de ne pas aller ce jour-là dans ce village, mais il n'a rien voulu savoir. Il a dit qu'il était là pour aider un groupe de filles qui avaient été kidnappées par une troupe de rebelles, et qu'il allait les libérer quoi qu'il arrive. Et c'est ce qu'il a fait, même s'il a failli y laisser sa peau.

— Je ne savais pas…, s'écria Abby.

— Oh ! il est aussi modeste que brave, notre Jake ! Et têtu comme une mule. Quand il a quelque chose en tête, impossible de le faire changer d'avis, mais ça, vous devez déjà le savoir si vous êtes en couple.

— Nous sommes en couple et je ne suis plus un fou dangereux.

— Possible. Quand je suis rentré en Australie et que j'ai vu que tu animais ce show, je n'en ai pas cru mes yeux. Ça te correspond tellement peu !

— Ça m'a amusé un moment, mais j'ai décidé de le vendre avant Noël. L'an prochain, Abby et moi allons partir faire le tour du monde. Mais pas là où on est allés, toi et moi, plutôt dans des endroits sympas.

— Eh bien ! Dans ce cas, vous deux, c'est du sérieux ?

— Si tu veux.

— Tu as drôlement changé. J'aurais bien aimé boire un verre avec toi, mais c'est impossible, j'ai rendez-vous au Parlement dans un quart d'heure quand elle sortira de son boulot.

— Quelqu'un de spécial ?

— Très. On s'est connus sur Internet, et c'est pour cette raison que je suis rentré en Australie.

— Je vois. J'espère que ça va marcher.

— Et je l'espère pour toi aussi. Il faut qu'on reste en contact.

— Je suis sur Facebook.

— Moi aussi. Bon, faut vraiment que j'y aille. Heureux de t'avoir retrouvé.

Ils s'étreignirent de nouveau puis Tony s'esquiva.

— Ça m'a fait plaisir, dit Jake. Je ne pensais pas le revoir.

Une fois de plus, Abby fut tentée de lui poser des questions : elle en savait si peu à son sujet et sur sa carrière… Mais là, dans ce musée, avec tous ces gens qui se pressaient autour d'eux, le moment n'était guère favorable.

— Je ne suis pas vraiment d'humeur à admirer des tableaux, Jake, dit-elle franchement. On ne pourrait pas tout simplement aller à l'hôtel que tu as réservé ? C'est encore trop tôt ?

Leurs yeux se rencontrèrent, étincelant du désir qu'ils avaient tenté de maîtriser tous les deux.

— Quand je pense que tu m'as accusé de t'avoir dépravée ! murmura-t-il en jetant un coup d'œil à sa montre. Il est seulement 14 h 30, mais je vais les appeler et jouer de ma célébrité pour demander si on peut arriver une demi-heure plus tôt que prévu.

Dès qu'ils furent entrés dans le hall, Abby regretta qu'il l'ait fait, gênée par le comportement de la séduisante réceptionniste qui se précipita sur Jake sans lui accorder à elle le moindre regard. Elle poussa un soupir de soulagement en pénétrant dans l'ascenseur.

— Ce ne sera plus pareil quand nous serons à l'autre bout du monde, déclara-t-il. Là-bas, je ne serai plus personne.

— Où que tu ailles, Jake, les femmes te réserveront

toujours un accueil chaleureux, répondit Abby sur un ton un peu pincé. Tu es trop beau pour qu'elles te laissent en repos.

— L'hôpital qui se moque de la charité ! Je n'ai pas oublié la façon dont ce cher vieux Raoul te dévorait des yeux !

— Tu as été jaloux ? s'enquit-elle, visiblement stupéfaite.

— Terriblement.

— Tant mieux !

— Moi aussi, j'aime bien que tu sois jalouse.

Au dixième étage, les portes s'ouvrirent et Jake entraîna Abby vers leur chambre. Leurs bagages les attendaient à l'intérieur, ainsi qu'une bouteille de champagne et un panier de fruits offerts par la direction. La vue donnait sur le lac et la suite était équipée d'un lit king-size et d'un spa. Bien qu'impressionnée par ce luxe, Abby n'y accorda guère d'intérêt. Elle n'avait qu'une envie : que Jake la prenne dans ses bras et l'embrasse.

— Veux-tu un verre de champagne ?

Elle acquiesça à contrecœur, mais comment dire à cet homme que tout ce qu'elle voulait, c'était lui ?

— Si tu voyais comment tu me regardes ! dit-il en riant. J'ai bien l'impression que tu n'as pas envie de champagne pour le moment.

Elle rougit, tandis qu'il s'approchait d'elle lentement.

— Et toi ?

— Moi ? Je n'ai qu'une envie, ma chérie, et c'est toi.

Il la déshabilla rapidement, avant de faire de même, sans la quitter des yeux, tandis qu'Abby le couvait d'un regard brûlant et avide avant même qu'il l'ait effleurée du bout des doigts. Lorsqu'il la souleva pour la déposer sur le lit, elle ferma les yeux, le souffle court, tandis qu'il lui caressait les seins, puis le ventre et les cuisses.

Elle gémit lorsqu'il lui écarta les jambes et jouit dès qu'elle sentit la langue de Jake se poser sur elle. Son orgasme n'était pas terminé quand il la fit rouler sur le ventre pour lui caresser le dos et les fesses. Elle frémit sous ses mains savantes et sentit le désir monter de nouveau en elle, plus puissant que jamais. Elle écarta les jambes et se mit à onduler du bassin.

— Pas question, chérie, chuchota-t-il en la remettant sur le dos. Cette fois, je veux voir tes yeux quand tu jouiras. Accorde-moi seulement une seconde.

Il enfila rapidement un préservatif avant d'entrer en elle d'un seul coup, les yeux étincelants, le souffle court. Elle poussa un long cri et noua les jambes autour de ses hanches pour mieux coller son bassin au sien.

— Calme-toi, ou je vais perdre le contrôle.

— Mais j'ai envie de te faire jouir, dit-elle sur un ton malicieux tout en ondoyant lentement des hanches et en resserrant son étreinte.

En sentant qu'il n'allait pas résister longtemps, Jake laissa échapper un affreux juron.

— Oui, c'est exactement ce dont j'avais envie, gémit-elle. Peu m'importe si je jouis ou pas.

Il commença à bouger en elle le plus lentement possible et Abby fut touchée par les efforts qu'il faisait pour garder son calme, même si elle était certaine de jouir en même temps que lui. Elle le prit alors par les fesses en y enfonçant ses ongles pour l'attirer plus profond encore en elle.

Cessant toute résistance, il la chevaucha avec une vitesse et une puissance qui excitèrent Abby au plus haut point. Quand elle jouit, il ne put voir ses yeux car les siens étaient fermés, mais leurs corps frémissants de plaisir s'accordèrent merveilleusement, spasme après spasme. Puis Jake roula sur le côté, haletant, tandis qu'elle demeurait immobile, envahie par une douce langueur, son corps rassasié apaisé et tous ses muscles détendus. Elle aurait bien aimé rester un peu plus longtemps éveillée, mais cinq minutes plus tard, elle dormait à poings fermés.

10.

Durant un long moment, Jake resta abasourdi d'avoir perdu à ce point le contrôle en faisant l'amour. Alors qu'il avait prévu de montrer à Abby le merveilleux amant qu'il était, il avait joui aussi vite qu'un ado en rut. Pour une fille qui avait si peu d'expérience, Abby savait exactement comment le rendre fou.

Il poussa un soupir. Lui qui ne voulait pas que ce week-end soit dédié au sexe… Voilà qu'il ne pouvait plus penser à rien d'autre. Il tourna la tête vers elle et aperçut son corps nu allongé dans une posture particulièrement provocante. Malheureusement, elle s'était endormie, mais rien n'empêchait Jake de la regarder.

Elle avait exactement le genre de corps qu'un homme peut contempler durant des heures, une combinaison délicieuse de minceur et de courbes. Des seins parfaits, pleins sans être lourds avec des aréoles brunes qui ressortaient sur sa peau pâle, et vraiment très sensibles. Il eut envie de les sucer, mais résista. Il fallait d'abord qu'il aille dans la salle de bains.

Tout en se débarrassant du préservatif, il regretta de devoir en utiliser.

« Je ne veux pas prendre le moindre risque, lui avait-elle répété au petit déjeuner. La nuit dernière, quand j'ai cru avoir oublié ma pilule, j'étais aux cent coups ! »

Il reconnut que si elle s'était retrouvée enceinte, il aurait passé un mauvais moment. Donc, continuer les préservatifs. Normalement, cela ne le gênait pas, il avait l'habitude. Mais d'un autre côté, pourquoi ne pas faire sans puisqu'elle prenait la pilule ?

Lorsqu'il revint de la salle de bains, elle s'était enroulée en position fœtale et la vue de son derrière rond lui fit un effet qu'il aurait cru impossible quelques minutes plus tôt.

— Abby chérie, tu ne vas pas t'endormir en plein après-midi, dit-il en grimpant sur le lit avant de lui caresser le dos du bout du doigt.

— Fatiguée, murmura-t-elle. Laisse-moi…

En souriant, il retourna dans la salle de bains et remplit le spa d'eau chaude et de sels parfumés avant d'aller chercher le seau à champagne, le panier de fruits et deux préservatifs qu'il déposa sur le rebord, heureusement assez large. Puis il rejoignit Abby endormie et l'embrassa sur l'épaule.

— Jake appelle Abby, chuchota-t-il entre deux baisers. Tu m'entends ?

Elle ouvrit les yeux et le fixa d'un regard ensommeillé.

— Tu ne peux quand même pas avoir envie de recommencer ?

— Pas tout de suite, mais je nous ai préparé un bain. Il y a assez de place pour deux.

— Mais… je n'ai jamais…, balbutia-t-elle en se redressant.

— Où est la fille qui voulait tout expérimenter ? Tu ne me fais plus confiance ? D'ailleurs, j'ai apporté de quoi boire et manger en bavardant gentiment.

— Tu veux bavarder ? Je croyais que tu voulais faire l'amour ?

— Je préfère attendre que tu sois bien réveillée.

— Alors, de quoi allons-nous bavarder ? s'enquit-elle en s'installant dans le spa.

— De tout ce que tu veux, répondit-il en s'asseyant en face d'elle. Mais si nous buvions d'abord un peu de champagne ?

Tandis qu'il remplissait les verres, elle se demanda combien de fois il avait déjà joué à ce petit jeu. Elle enviait son savoir-faire et se sentait terriblement ignorante.

Ignorante, mais pas stupide. Avant de faire l'amour

de cette façon si exotique, elle avait quelque chose à lui demander.

— Ce Tony, au musée, il a prétendu que tu avais été blessé, mais où ? dit-elle après avoir avalé une gorgée de champagne.

— En Afrique. En Sierra Leone.

— Non. Où as-tu été touché ?

— Ici, répondit-il en lui montrant l'intérieur de sa cuisse.

— Dis donc, tu as eu de la chance ! Mais quel courage !

— Ou quelle stupidité !

— C'est à la suite de cette blessure que tu as cessé de réaliser des documentaires ?

— Oui. J'ai dû rentrer pour me faire opérer, et une fois chez moi, j'en ai eu assez de courir le monde. Craig avait raison de penser qu'un jour, je m'en lasserais.

— Mais tu veux pourtant qu'on voyage ensemble ?

— Pour faire du tourisme, c'est très différent. Tu as déjà vu un de mes documentaires ?

— Non.

— Tant mieux, ils sont sinistres. Au départ, je voulais simplement accompagner Craig dans ses voyages et filmer ce qu'on découvrait. Mais au bout de quelques mois, je n'ai plus pu rester indifférent aux injustices dont j'étais témoin et j'ai cru naïvement que montrer à l'Occident les problèmes des pays en voie de développement permettrait de trouver des solutions. Les gens aiment bien voir ces images très dures, et j'ai gagné beaucoup d'argent, mais ça n'a pas amélioré le monde ; la guerre, la pauvreté et les pires abus persistent, rien n'a changé.

— Mais tu auras au moins essayé d'agir.

— Comme tu es gentille ! Si on changeait de sujet ?

Abby fut émue par sa sensibilité. Visiblement, il n'était pas si égoïste qu'il le prétendait, mais elle le savait déjà avant même que Tony ne fasse son éloge. Pour preuve, la façon dont il avait suivi les instructions de son oncle alors qu'au départ, il n'avait aucune envie de le faire.

— Quand tu as prétendu que tu étais jaloux de Raoul, tu disais la vérité ?

— J'avais déjà envie de toi comme un malade !

— J'ai du mal à le croire.

— Abby, tu es vraiment merveilleuse ! Tu ne connais rien aux hommes ! Alors, finis ton champagne, et cesse de bavarder. Sauf pour me dire : « Oui, Jake. S'il te plaît, Jake. Encore, Jake. »

Elle ne put s'empêcher d'éclater de rire.

— Et en plus, tu oses te moquer de moi !

— Oui, Jake, répondit-elle avec un sourire faussement contrit.

Il faisait grand jour lorsque Abby se réveilla et s'étira avant de jeter un regard à Jake qui dormait encore à côté d'elle. Elle sourit en se rappelant le mal qu'elle avait eu à le convaincre de dormir, même s'il avait l'air complètement épuisé. Ils ne s'étaient arrêtés qu'à 18 h 30, le temps qu'elle prenne sa pilule, et vers 20 heures, pour commander un grand plateau de fruits de mer qu'ils avaient dégusté en un temps record avant de se jeter de nouveau l'un sur l'autre.

Elle prit son téléphone pour regarder l'heure. 9 heures passées… Comme ils avaient fini par s'endormir vers 2 heures, ils avaient eu sept bonnes heures de sommeil. Inutile de réveiller Jake, se dit-elle en se dirigeant vers la salle de bains.

En se contemplant dans le vaste miroir, elle constata que ses cheveux étaient complètement emmêlés et qu'elle avait quelques bleus sur la poitrine.

— Dis donc, dans quel état il t'a mise ! murmura-t-elle d'une voix rauque et sexy. Et en plus, tu as adoré ça !

Inutile de faire semblant, jamais elle ne retomberait sur un amant comme Jake, alors autant profiter pleinement de ses talents érotiques et de son corps superbe pendant qu'elle l'avait sous la main. Même s'il devait lui briser le cœur plus tard, songea-t-elle, la gorge serrée. Certes, il lui avait proposé de l'accompagner au bout du monde l'année suivante, et on aurait vraiment dit qu'il en avait envie, mais il pouvait très bien changer d'avis demain. On était à la mi-novembre, et elle ne pouvait compter que sur le présent.

— C'est ça, ma petite…, continua-t-elle. Profite bien du présent, et maintenant, tu peux aller réveiller le monstre.

Elle retourna dans la chambre et remonta dans le lit où Jake dormait encore. Sans hésiter, elle colla son corps nu contre son dos et se mit à le caresser. D'abord, les tétons, ce qui fit frémir tout son corps, et quand la main d'Abby descendit plus bas, il se réveilla pour de bon.

— Tu as un charmant pénis…, chuchota-t-elle. Très joli et très long. Doux comme de la soie.

Lorsqu'elle en effleura le bout gonflé, un son rauque sortit de la bouche de Jake.

— Tu aimes…, continua-t-elle. Mais tu préférerais sentir ma langue à la place ?

En l'entendant pousser un juron, elle se mit à rire.

— Cette fois, c'est moi qui vais prendre la situation en main.

Elle avait l'impression de tout pouvoir maîtriser, en particulier ses propres désirs, et c'était lui qui allait perdre le contrôle. Elle aimait bien l'entendre crier son nom quand il jouissait et sentir tout son corps trembler de plaisir.

Jamais elle ne se sentirait aussi bien avec un autre homme. À cet instant, elle comprit qu'elle aimait Jake, comme elle aurait dû aimer Wayne, et cette idée lui fit monter les larmes aux yeux, des larmes de culpabilité, de regret et de tristesse.

Naguère, en découvrant cette vérité, elle aurait été anéantie, mais, aujourd'hui, elle était plus solide et elle ravala ses larmes : elle s'était engagée dans cette histoire en toute connaissance de cause, et il était trop tard pour pleurer. Mais l'émotion la submergea tandis qu'elle contemplait Jake. C'était trop horrible d'aimer à ce point quelqu'un et de ne pas pouvoir le lui dire.

Jake fut stupéfait de voir Abby pleurer.

— Qu'est-ce qui t'arrive, ma chérie ? demanda-t-il en la prenant dans ses bras pour la couvrir de baisers. Dis-moi ce qui ne va pas. Tu en avais pourtant envie, n'est-ce pas ? Et moi, j'ai adoré. Adoré…

Sans cesser de sangloter, elle enfouit le visage contre son torse.

— Ne pleure pas, je t'en prie, ma chérie.

— Ne m'appelle pas comme ça. Je ne suis pas ta chérie ! s'écria-t-elle en se dégageant.

Il ne sut que répondre. Était-ce parce que son mari l'appelait de cette façon ?

— Comment veux-tu que je t'appelle ?

— Oh ! Je suis vraiment stupide !

Il soupira, regrettant de ne pas savoir ce qu'elle avait en tête, mais il n'avait jamais été très fort pour comprendre les femmes, des créatures si complexes… Peut-être était-ce hormonal et allait-elle avoir ses règles ? En tout cas, il détestait la voir dans cet état, et ses larmes déclenchaient au fond de son cœur un trouble qu'il ne parvenait pas à contrôler tellement il avait envie qu'elle se sente mieux.

— Abby, dis-moi ce qui se passe. Je suis ton ami tout autant que ton amant. Tu peux tout me dire.

Elle ouvrit les paupières, plus calme. Ou plus résignée ?

— Ce n'est pas ta faute. C'est moi. Tu es un merveilleux amant et je me suis plus amusée ce week-end que je ne l'avais fait depuis des années.

Jake fit la grimace. Voilà qu'elle parlait comme si leur relation était très superficielle, comme si c'était seulement une affaire de sexe. Pourtant, il était clair qu'elle allait beaucoup plus loin. Par le passé, il avait toujours réussi à ne pas tomber amoureux parce qu'il ne voulait ni se marier ni avoir d'enfants. Mais il n'avait pas compris que l'amour était inévitable. Cela arrivait, voilà tout, et pour tout dire, il était tombé à moitié amoureux d'Abby dès le moment où il l'avait tenue dans ses bras, bien avant qu'il n'en prenne soudain conscience deux jours auparavant. Et maintenant, il ne savait plus du tout où il en était.

Évidemment, pas question de le lui avouer. Pas encore. Elle ne voulait pas qu'il l'aime. Pas pour le moment. Un jour, peut-être, quand il serait certain qu'elle lui rendait ses sentiments, il lui déclarerait son amour et lui demanderait de partager sa vie. Sans se marier. Peut-être, si elle y tenait, pourraient-ils avoir un enfant, même si l'idée de devenir père ne l'enchantait pas.

— Pourquoi pleurais-tu exactement ?

— C'est idiot, mais je regrettais de ne pas avoir pu donner à mon mari autant de plaisir qu'à toi. Wayne méritait mieux qu'une femme qui ne l'aimait pas vraiment.

— Mais Abby, tu l'aimais. Je te connais, jamais tu n'aurais épousé un homme que tu n'aimais pas. Ce n'était peut-être pas une folle passion, mais tu l'aimais. Si physiquement, vous ne vous entendiez pas, ce n'était pas ta faute, ni la sienne d'ailleurs. Mais tout ça, c'est du passé, tu ne peux rien y changer.

— Tu as raison. Il nous reste le présent, et je veux le vivre à fond désormais. Comme toi.

— Ça ne m'empêche pas de faire des projets.

— Tu penses à notre voyage ?

— Par exemple. On ne peut pas se contenter de monter dans le premier avion. Il faut le préparer.

— Tu as raison. Dès la semaine prochaine, je vais me faire faire un passeport et acheter d'autres vêtements. Je ne veux pas te faire honte.

— Jamais tu ne me feras honte, protesta Jake, abasourdi.

Mais en matière de mode, les femmes n'avaient pas les mêmes critères que les hommes.

— Tu n'as qu'à y aller avec Sophie, elle te conseillera. Je vais l'appeler pour le lui demander.

— Surtout pas. Je ne peux pas m'offrir le même genre de vêtements qu'elle !

— Mais si ! Je lui donnerai ma carte de crédit.

— C'est impossible.

— Pourquoi ?

— Parce que…

— Pourquoi refuser ? Tu sais, je suis très riche. Je vais lui dire qu'il te faut une nouvelle garde-robe pour toute occasion. C'est décidé… Et il faudrait aussi que tu mettes ta sœur au courant, dès ce soir.

— Je n'y tiens pas.

— Et moi, je ne vais pas porter en permanence des lunettes de soleil et une casquette de base-ball. D'ailleurs, tôt ou tard, tout finit par se savoir, on n'y peut rien. La réceptionniste doit déjà être sur Twitter ou sur Instagram. De nos jours, dès qu'on est connu, on ne peut plus garder un secret, il faut se moquer de ce que disent ou pensent les gens. Mais la famille, c'est différent.

— Tu as l'intention de parler de moi à ta famille ?

— Sophie s'en chargera. Et puisqu'on parle de ça, veux-tu te joindre à nous le jour de Noël ? J'ai réservé un bateau à quai, sur le port.

— Désolée, Jake, mais c'est impossible. J'ai invité Megan et Timmy à passer Noël avec moi et je ne veux pas qu'ils soient déçus.

S'il avait proposé à Olivia de passer Noël avec lui, elle aurait laissé tomber sa famille sans l'ombre d'une hésitation, mais Abby était différente. Elle était unique.

— Je comprends. Mais pourquoi ne viendraient-ils pas avec nous ? Il y aura de la place, des tonnes de nourriture et des tas d'enfants pour jouer avec Timmy.

— C'est très généreux de ta part, mais je ne suis pas certaine que Megan accepte de venir.

— Pourquoi ? Elle est si timide ? Écoute, quand tu l'appelleras, ce soir, propose-le-lui.

— Et si elle refuse ?

— Tu me la passeras. Je peux être très persuasif, tu sais.

— D'accord, mais ne flirte pas avec elle. Tu sais, tu es son idole.

— Dans ce cas, arrange-toi pour qu'elle vienne. Je veux

passer Noël avec toi et aussi te présenter toute ma famille. Comme ça, ce sera fait d'un seul coup.

— Tu ne leur parleras pas de mes parents, n'est-ce pas ? Ni de mes dents…

— Désolé, mais ils sont déjà au courant de tout, car Sophie est terriblement bavarde. D'ailleurs, qu'est-ce qu'elles ont de particulier, tes dents ? Elles sont magnifiques.

— Je voulais parler de mes anciennes dents.

— Il n'y a rien de honteux à avoir des problèmes dentaires.

— Ce n'est pas mon avis, dit-elle en se rencognant à l'autre bout du lit.

— Écoute, concernant ton passé, tu es vraiment trop susceptible. Moi, je veux tout dire de toi à ma famille parce que entre nous, c'est du sérieux, même si je suis contre le mariage. Tu m'as plu dès l'instant où je t'ai vue, mais je me suis dit que tu étais du genre à vouloir un mari et des enfants, alors j'ai gardé mes distances. Contrairement à ce que tu crois, je ne suis pas un don Juan, et jamais je n'aurais cherché à séduire une femme fragile, comme je pensais que tu l'étais parce que tu étais veuve. Mais vendredi soir, tu m'as redit que tu ne voulais pas te remarier et, après ça, je n'ai plus pu résister à la tentation, j'étais trop fou de toi.

En disant cela, il s'aperçut qu'Abby le fixait, bouche bée, mais il était incapable de dire si elle était contente ou pas.

— C'est pour cette raison que j'ai été si jaloux de Raoul, continua-t-il. Mais c'était complètement idiot, et d'ailleurs à quoi bon les regrets ? Tu vis dans le présent, n'est-ce pas ? Alors, d'abord le petit déjeuner. Je meurs de faim, pas toi ? Et ensuite, un événement exceptionnel.

— De quoi s'agit-il ?

— Je vais t'autoriser à conduire ma voiture.

11.

— Je n'arrive pas à y croire..., répéta Megan pour la énième fois depuis qu'Abby l'avait appelée, le dimanche soir.

— Tu m'avais pourtant dit toi-même que si je m'arrangeais un peu, je taperais dans l'œil de Jake.

— Mais ce n'est pas ça qui m'étonne, c'est le sexe. J'ai toujours cru que tu étais frigide.

— Eh bien, visiblement, ce n'est pas le cas.

— Avec l'expérience qu'il a, il est vrai qu'il doit savoir y faire avec les femmes.

— Pour tout te dire, il m'a proposé de m'accompagner l'an prochain dans mon grand voyage.

— Non ? Tu plaisantes ?

— Pas du tout. Dès la semaine prochaine, je vais me faire faire un passeport. Apparemment, il faut quelques semaines pour en obtenir un.

— C'est de la folie, Abby. Tu sais bien... enfin... que ça ne peut pas durer. Les types comme Jake... ce n'est jamais définitif.

— Je le sais, Megan, et sur ce point, il s'est montré parfaitement honnête. Ni mariage ni enfants... Mais il tient à notre relation, ce n'est pas une passade. Je vais donc partir avec lui, et rien de ce que tu pourras me dire ne m'en empêchera.

— Tu es donc amoureuse de ce salaud ?

— Jake n'est pas un salaud. C'est un type gentil, un vrai gentleman. Oui, je suis amoureuse de lui et je sais que je finirai par souffrir, mais j'ai décidé de ne pas me faire de souci pour l'avenir. Je plais à Jake. Je lui plais beaucoup et je ne vais pas rater ça uniquement parce que ça risque de mal finir un jour.

— Jamais je ne t'avais entendue parler comme ça, Abby. Tu as l'air si sûre de toi. Et si mûre…

— Depuis la mort de Wayne, j'ai grandi.

— Ce n'était pas l'homme qu'il te fallait.

— Je m'en rends compte maintenant. J'en ai parlé à Jake, mais il m'a dit que c'était du passé.

— Il a raison. Mais tu ne lui as pas tout dit. Je sais que tu as horreur de parler de tes fausses couches.

— Non, je ne lui en ai pas parlé, dit Abby, la gorge serrée. Il croit seulement que nous n'avons pas réussi à avoir d'enfant. Je lui ai plutôt parlé de ma relation avec Wayne, et je lui ai dit que je ne voulais pas me remarier.

— Quand le lui as-tu dit ?

— Peut-être le jour où il m'a emmenée acheter la voiture.

— Comme ça, il est tranquille.

— Peut-être.

Abby n'avait pas dit à Megan que Jake prétendait avoir eu un coup de cœur pour elle dès qu'il l'avait engagée. Sa sœur était trop cynique, mais Abby, elle, l'avait cru. Pourquoi lui aurait-il menti ? Cela ne changeait rien à l'issue de leur relation, même si elle était vraiment contente d'avoir éveillé d'emblée son intérêt.

— Je suppose que s'il te demandait de l'épouser, tu dirais oui tout de suite.

— Ça ne risque pas d'arriver, mais il m'a quand même proposé de venir passer Noël avec lui et toute sa famille. Il a loué un bateau à quai dans le port.

— Dis donc, s'il veut te présenter à papa et maman, c'est du sérieux.

— Son père est mort, mais il a toujours sa mère, deux frères et trois sœurs. Quatre sont mariés et ont des enfants.

— Il va lui falloir un gros bateau.

— Oui, un très gros. Et Timmy et toi, vous êtes également invités.

— Tu plaisantes ? Nous ? En croisière avec Jake Sanderson et sa famille ? Je vais me mettre tout de suite au régime et acheter une nouvelle tenue.

— À propos, je dois aller m'acheter des vêtements avec la sœur de Jake. Il a insisté pour m'offrir une nouvelle garde-robe.

— Sérieux ? Une nouvelle garde-robe ?

— Oui, et avant que tu me traites de femme entretenue, si je lui demandais de te choisir aussi quelque chose d'un peu stylé ?

— Tu as peur que je te fasse honte ?

— Pas du tout.

— Tu ne mens pas très bien, mais tu sais garder tes secrets. Ce week-end, j'ai essayé vainement de t'appeler et j'ai cru que tu avais par erreur éteint ton téléphone. Et voilà que je découvre que tu l'avais fait à dessein pour batifoler à ton aise avec ton patron ! En fait, depuis que tu t'es mise à lire tous ces bouquins, tu n'es plus la même. On dirait que tu sors des beaux quartiers et pas de la banlieue.

— Je sais d'où je viens, mais il n'y a rien de mal à vouloir s'améliorer. Même si je n'avais pas eu cette histoire avec Jake, l'an prochain, je voulais suivre des cours du soir et économiser pour voyager.

— Mais il y a eu Jake, et tout ça est tombé à l'eau. N'oublie quand même pas que s'il te quitte, tu perdras aussi ton boulot. Tu y as réfléchi ?

— Bien sûr. Mais j'ai décidé de ne pas me tracasser à l'avance. Je veux vivre le moment présent.

— Parce que tu es folle de lui…

— Et tu ne peux pas m'en empêcher. Maintenant, je vais aller me coucher. Ce week-end a été très fatigant.

— Vous avez donc passé votre temps à faire l'amour pendant tout le week-end ? Je suppose que ce charmant garçon t'a fait plus jouir en deux jours que Wayne en cinq ans ?

— C'est bien possible.

— Waouh ! Raconte !

— Pas question. Je vais me coucher. Bonne nuit, Megan.

Abby raccrocha en secouant la tête. Si Megan s'attendait à ce qu'elle lui fasse un compte rendu détaillé de ses activités sexuelles, elle se trompait, ce n'était pas son genre. Elle tenait à sa vie privée, et Jake aussi, à sa façon. Il n'appréciait guère les obligations de sa célébrité.

Comme elle se sentait réellement fatiguée, elle se prépara à aller se coucher. Pour dormir, et pas pour ressasser dans son lit toute cette histoire.

Brusquement, elle se rappela que Jake lui avait demandé de l'appeler pour lui raconter sa discussion avec Megan. Elle se releva et prit son téléphone, tout excitée à l'idée de lui parler.

— Je commençais à penser que tu n'allais pas m'appeler.

— Désolée, j'avais oublié.

— Ce n'est pas très flatteur. Deux heures d'absence, et tu m'oublies.

À sa voix, elle comprit qu'il n'était pas vraiment fâché.

— Tu n'as pas l'air d'être habitué à ce qu'on t'oublie.

— C'est vrai. Alors, tu as parlé de nous à ta sœur ?

— Oui. Elle m'a dit que quand nous finirions par rompre, je risquais de perdre mon emploi.

— Qui t'a dit que nous finirions par rompre ?

— Compte tenu de ton comportement avec les femmes…

— Je ne suis pas aussi volage que le prétendent les tabloïdes.

— Je le sais, et de toute façon, ça m'est égal. Si tu me fournis de bonnes références, je retrouverai facilement du travail.

— Je ne suis pas certain d'adorer ta sœur. De quoi se mêle-t-elle ?

— Ne prends pas la mouche, elle veille simplement à mes intérêts. Pourquoi crois-tu que j'hésitais à l'appeler ? C'est toi qui as insisté. Souvent, elle m'agace à cause de son cynisme, mais cette fois, tout ce qu'elle pouvait dire m'était parfaitement égal. Je veux rester avec toi et nul ne pourra m'en dissuader.

— Tu ne peux pas savoir comme ça me fait plaisir. Moi aussi, je veux rester avec toi, et pas seulement pour quelques semaines ou quelques mois. J'ai l'impression que notre relation va durer des années.

— Qu'est-ce que ça veut dire ?

— Dis donc, maintenant c'est toi qui prends la mouche. Je ne te parle pas de mariage, mais de vivre ensemble, dès demain.

— Dès demain ?

— Ça te semble trop rapide ?

Abby s'efforça de ne pas perdre la tête. Elle était sans doute folle de Jake, mais pas question de le laisser diriger sa vie !

— Un peu. Si nous laissions passer les fêtes avant que j'emménage chez toi ?

— Mais c'est dans cinq semaines !

— Je préférerais qu'on se connaisse un peu mieux avant de sauter le pas.

— Tu étais d'accord pour partir en voyage avec moi l'an prochain !

— Oui, pour des vacances, pas dans la vraie vie. Écoute, ce soir, je suis crevée et j'ai besoin de dormir. On en reparlera demain.

Incroyable ! se dit Jake. Abby venait de lui signifier son congé, alors que, jusque-là, c'était toujours lui qui avait pris l'initiative. Et juste au moment où il allait lui dire qu'il l'aimait. Heureusement qu'il s'était arrêté à temps !

— Très bien, dit-il. Bonne nuit, et à demain.

— Bonne nuit, Jake, et merci encore pour ce merveilleux week-end.

Jake garda le téléphone à l'oreille tout en se demandant ce qu'il éprouvait exactement. De la frustration, à coup sûr. Pas de la frustration sexuelle, mais pour la première fois de sa vie, il avait l'impression d'attendre davantage d'une relation que sa partenaire. Non seulement il voulait qu'Abby s'installe chez lui, mais il voulait qu'elle l'aime autant qu'il l'aimait. Mais elle, elle ne voulait pas tomber amoureuse. Elle avait envie de s'amuser et de faire un beau voyage au bout du monde.

— Mais pas dans la vraie vie, marmonna-t-il en reposant le téléphone.

Eh bien, la vraie vie, il allait la lui faire découvrir. En Afrique et en Asie, là où se concentraient le handicap, la misère et une effroyable cruauté sans le moindre espoir.

Mais à peine y avait-il pensé qu'il comprit qu'il ne ferait jamais rien d'aussi méprisable. Abby méritait mieux, elle méritait ce que le monde avait de meilleur à lui offrir. Il allait lui faire découvrir des villes magnifiques comme Londres, Paris, Tokyo, New York, ils descendraient la Seine, le Rhin et le Danube. Et peut-être même le Nil, si l'Égypte le leur permettait.

En imaginant ce voyage, il recouvra sa bonne humeur. Ce serait merveilleux, le voyage de leur vie, pour chacun d'eux. Et peut-être au retour Abby accepterait-elle d'emménager chez lui définitivement. Et de l'aimer, ce qui n'était pas tout à fait impossible.

12.

Abby avait toujours adoré la maison de Jake et, parfois, quand elle avait fini le ménage, elle se disait que si elle disposait de deux millions de dollars, elle s'achèterait la même. Elle aimait les murs blancs et les parquets cirés, les hauts plafonds et les meubles anciens.

Pourtant, le lundi suivant, tout en nettoyant la maison, elle n'imagina pas qu'elle achetait la même, mais qu'elle venait s'y installer. Ce n'était plus un rêve, mais une possibilité, si elle changeait d'avis et acceptait la proposition qu'il lui avait faite.

Elle était tentée, ce qui était bien normal. Mais que se passerait-il alors ? Elle s'imagina vivant là, en compagnie de Jake. Elle lui ferait la cuisine, s'occuperait de lui, et elle l'aimerait de tout son cœur. Alors, inévitablement, elle finirait par lui avouer à quel point elle l'adorait.

Ce serait le commencement de la fin.

Mieux valait donc rester ferme et refuser de faire ce qu'il voulait, se dit-elle en montant lentement l'escalier. Sauf au lit, où elle savait qu'elle ne pourrait jamais lui résister. D'ailleurs, il lui manquait déjà, et le matin même, elle s'était réveillée en proie à un désir si violent qu'elle avait failli l'appeler pour lui demander de rentrer plus tôt de son travail.

Heureusement, elle avait eu le courage de résister et de filer sous la douche. Mais son cœur avait tressailli quand le téléphone avait sonné, juste après. C'était Jake.

— Tu as bien dormi ?

— Comme un loir. Et toi ?

— Comme ci, comme ça. J'aurais mieux dormi avec toi, et c'est d'ailleurs pour ça que je t'appelle. La plupart des filles acceptent de dormir une nuit chez leur amoureux de temps en temps. Et toi, qu'en penses-tu ?

— Pourquoi pas ? Si nous avons passé la soirée ensemble…

— Dans ce cas, il me suffirait de te proposer de sortir chaque soir.

— Je n'accepterais pas, Jake. J'ai autre chose à faire, et je dois aussi voir ma sœur.

— Très bien. Et ce soir ?

Elle aurait terriblement aimé dire oui, mais si elle ne gardait pas le contrôle sur leur relation, elle serait perdue. Définitivement.

— Impossible, Jake. Je dois m'occuper de certaines choses chez moi. Par exemple, arroser mes plantes. Cela fait longtemps qu'il n'a pas plu.

— On prévoit un orage cet après-midi, remarqua-t-il sur un ton lui-même plutôt orageux.

— Je n'ai guère eu l'occasion de m'intéresser aux prévisions météo, ces derniers jours. D'ailleurs, je regarde peu la télé.

— Et mon show, tu l'as déjà regardé ?

— Une fois ou deux.

— Alors ?

— Dans le genre, c'est très bien.

— Sophie trouve ça un peu léger et elle n'a pas tort. Mais, justement, c'est ce qui plaît et qui me permet de gagner de l'argent.

— Tu es vraiment décidé à vendre ?

— J'ai déjà engagé les pourparlers et cela devrait se conclure en deux semaines. Pendant ce temps, il faut que le show continue et conserve son audience.

— Très bien. Je vais le regarder aujourd'hui et je te dirai ce que j'en pense.

— À propos, Sophie m'a dit qu'elle allait t'appeler

aujourd'hui pour prendre rendez-vous au sujet de ta garde-robe.

— Tu tiens vraiment à ce que je la renouvelle entièrement ?

— N'importe quelle autre fille en serait ravie, surtout si elle était conseillée par une des stylistes les plus branchées de Sydney !

— Ça me plairait davantage si tu me laissais payer. Après tout, je possède vingt-cinq mille dollars.

— Pour voyager. Mais tant que nous restons ensemble, je prends tout en charge. Garde cet argent pour plus tard, au cas où tu en aurais besoin. Ou pour quand tu te seras lassée de moi et que tu voudras reprendre ta liberté.

Abby ne se lasserait jamais de Jake, elle le savait. Elle l'aimait, mais elle ne pouvait pas le lui dire.

— J'insiste, Abby. Je rentrerai de bonne heure, alors, ne te précipite pas pour partir, j'ai une surprise pour toi. Je serai là vers 15 heures.

Vers 11 heures et demie, Abby se mit à nettoyer la cuisine, le corps déjà frémissant d'anticipation. Non pas à cause de la surprise, mais parce qu'elle brûlait de voir Jake, de l'embrasser et de faire l'amour avec lui.

À midi, elle alluma la télé pour regarder son show. Elle pourrait au moins se délecter en contemplant son beau visage et ses yeux bleus magnifiques. À la fin, elle aurait à peine pu dire ce qu'elle avait vu tant elle avait l'esprit envahi par les images de ce qu'ils avaient fait pendant le week-end et qu'ils allaient bientôt faire de nouveau. Aujourd'hui même. Dès cet après-midi. Dès que Jake serait rentré. Pas question de sortir ce soir, elle en avait trop envie.

Elle était en train de nettoyer le plan de travail de la cuisine quand son téléphone sonna. C'était Sophie, la sœur de Jake, qui paraissait pressée et fixa rendez-vous à Abby pour le lendemain avant de s'excuser et de raccrocher sans qu'Abby ait pu placer un mot.

Tel frère, telle sœur…

Juste avant 15 heures, elle se dit que si elle sautait au cou de Jake dès qu'il arriverait, cela détruirait tous ses efforts pour garder la tête froide et contrôler la situation. Mais elle avait trop envie de lui…

En entendant sa clé dans la serrure, elle faillit pousser un cri et dut lutter pour se concentrer. *Sois forte. Et surtout, sois réservée !*

Elle le vit arriver dans la cuisine, toujours vêtu de l'élégant costume qu'il portait pendant son show.

— Salut, dit-elle avec un sourire un peu forcé. Tu veux un café ?

— Pas spécialement, merci, répondit-il en s'approchant pour la prendre dans ses bras. Mais j'aimerais bien que tu passes la nuit ici. Naturellement, nous sortirons dîner à l'extérieur.

Abby était si troublée qu'elle mit quelques secondes à comprendre.

— Je ne peux pas passer la nuit ici, dit-elle avec regret. Ta sœur m'a appelée pour me fixer rendez-vous demain. Il faut que je rentre chez moi pour me pomponner et tâcher d'être à mon avantage. Et cette surprise ?

— J'avais oublié. C'est juste une bricole…, dit-il en sortant de sa poche un paquet de préservatifs parfumés aux fruits. Puisqu'on est forcés d'en utiliser, ce sera un peu plus drôle.

— Mais où as-tu déniché ça ? s'enquit-elle en souriant. Sur Internet ?

— Non. Récemment, j'ai fait une séquence sur les préservatifs dans mon show et on me les a offerts à titre d'échantillons. Ils sont depuis des mois dans un tiroir de mon bureau.

Abby fut ravie qu'il n'ait pas eu l'idée de les utiliser avec ses précédentes petites amies.

— Surprenant…, dit-elle après avoir consulté la liste des parfums sur le paquet. Orange sanguine… Ça m'a l'air délicieux…

— Dans ce cas, nous allons tout de suite faire l'essai, répondit-il en mettant le paquet dans sa poche avant de soulever Abby dans ses bras. Alors, si nous allions nous détendre un peu ?

13.

— Non, pas celle-là, déclara Sophie en voyant Abby sortir de la cabine. Elle ne met pas ta poitrine en valeur. Quand une femme a de beaux seins, comme toi, elle ne devrait jamais porter de ras-du-cou. Quant à l'imprimé, il est vraiment trop voyant. La robe que tu portais vendredi t'allait bien parce que l'imprimé était discret et qu'elle avait une encolure en V.

— Renouveler sa garde-robe est bien plus difficile que je ne l'aurais cru, dit Abby en soupirant.

Elles y avaient passé la journée, sans s'arrêter sauf pour déjeuner rapidement et elles avaient fait des tas d'achats. Si Abby protestait que c'était trop cher, Sophie prétendait avoir reçu des instructions strictes de Jake : la garde-robe devait être adaptée à toutes les circonstances, à toutes les saisons, et sous toutes les latitudes. Elle devait avoir déjà dépensé une petite fortune car Sophie ne l'avait emmenée que dans des boutiques de luxe. Partout où elles allaient, la sœur de Jake bénéficiait d'un traitement de faveur et semblait bien connue des vendeuses. Tout ce qu'elles achetaient leur serait livré gratuitement pour leur éviter de porter des paquets.

Tout en se sentant un peu dépassée, Abby eut l'impression qu'elle s'habituerait vite à être traitée avec tant de considération et de déférence, et à porter des vêtements qui lui allaient parfaitement, si bien qu'elle décida de profiter de cette expérience. Après tout, Jake était riche, car d'après Sophie, il avait hérité de son oncle une petite fortune. Sa sœur n'avait pas l'air jalouse ayant elle-même bénéficié d'une somme importante, tout comme leurs frères et sœur, et leur mère.

— Enlève cette robe, on va en rester là pour aujourd'hui. Demain, on ira acheter des chaussures, des sacs et de la lingerie. C'est ce qui fait toute la différence. Et aussi, évidemment, des bijoux.

— Non, protesta Abby. Pas de bijoux. D'accord pour la garde-robe parce que je ne veux pas faire honte à Jake, mais pour la lingerie et les accessoires, je préfère m'en tenir au minimum. Et puis, je suis épuisée. Une fois que je saurai quoi acheter, je peux y aller toute seule. J'apprécie ton aide, réellement, mais trop, c'est trop.

— Dis donc, tu as un sacré caractère…

Abby fut surprise de constater que c'était vrai.

— Avec Jake, c'est indispensable. Il était trop habitué à mener les femmes par le bout du nez.

— Tu as sans doute raison.

— Il t'a dit qu'il m'avait demandé d'emménager chez lui ?

— Non ? s'exclama Sophie, stupéfaite. Ça, c'est vraiment une première !

— Je n'aurais peut-être pas dû t'en parler.

— Pourquoi ? Et je présume que tu as dit non ?

— C'est vrai. Pour le moment.

— Tu as bien fait.

— Il ne me le proposera peut-être pas deux fois.

— Bien sûr que si. Et maintenant, si nous allions boire un verre au Café Sydney avant de dîner ? Je vais envoyer un texto à Jake pour qu'il nous y rejoigne au lieu de rentrer.

— Non, tout à l'heure, il m'a envoyé un message pour me dire qu'il avait rendez-vous avec l'homme qui voulait lui acheter son show et qu'il dînerait sans doute avec lui. Écoute, j'ai seulement envie de rentrer chez moi, mais je veux bien qu'on prenne un café avant.

Elle préférait ne pas dire à Sophie qu'elle sentait monter la migraine et qu'elle n'aspirait qu'à s'asseoir et à prendre deux cachets pour essayer de l'enrayer.

Malheureusement, avant qu'elles aient atteint le café, elle était déjà la proie de troubles visuels. Heureusement, sur la table qu'on leur désigna étaient déjà posés deux verres propres et une carafe d'eau. Elle plongea la main dans la trousse où elle gardait ses antalgiques et sa plaquette de pilules contraceptives et découvrit que cette dernière en recélait une de plus qu'elle n'aurait dû ! Alarmée, elle la sortit pour l'examiner de plus près.

— Que se passe-t-il ? s'enquit Sophie. Tu as perdu quelque chose ?

Immédiatement, Abby comprit qu'elle avait oublié de prendre sa pilule, le vendredi soir, et qu'ensuite, quand elle avait voulu vérifier, dans son affolement, elle ne s'en était pas rendu compte. Alors qu'ils avaient fait l'amour toute la nuit sans préservatif ! À l'idée qu'elle pouvait être enceinte, son sang ne fit qu'un tour.

— Qu'est-ce qui ne va pas ? insista Sophie.

— Je crois que je suis malade, répondit Abby en se ruant vers les toilettes où elle se laissa tomber par terre, pâle comme une morte, haletante.

Sophie, qui l'avait suivie, semblait très anxieuse.

— Tu sens une douleur dans la poitrine ? demanda-t-elle.

Comme Abby acquiesçait, Sophie appela une ambulance. Dix minutes plus tard, après avoir examiné Abby, le médecin déclara qu'elle n'avait pas de problème cardiaque, mais une crise d'angoisse et il lui administra un calmant avant de conseiller à Sophie de la ramener chez elle. Quelques minutes plus tard, dans le taxi qui les emmenait chez Jake, Sophie appela son frère.

— Une crise d'angoisse ? s'exclama celui-ci, visiblement inquiet. Mais que s'est-il donc passé ?

— Franchement, je l'ignore. Elle était en train de fouiller dans son sac quand, brusquement, elle est devenue toute pâle et s'est précipitée dans les toilettes. Écoute, si tu peux annuler ton rendez-vous, tu devrais rentrer au plus vite chez toi. Nous y serons sans doute avant toi, je mettrai Abby au lit dans la chambre d'amis. Le médecin lui a donné un calmant, et on dirait qu'elle va s'endormir.

— J'aurais préféré savoir ce qui a pu la contrarier à ce point.

— Moi aussi. On en reparlera chez toi.

— J'arrive.

— Tu n'aurais pas dû l'appeler, dit Abby quand Sophie eut raccroché.

— Tu veux rire ? Si je ne l'avais pas fait, il m'aurait tuée. Il t'aime, Abby.

Sophie connaissait son frère mieux que quiconque. S'il n'avait pas aimé Abby, jamais il ne lui aurait proposé de s'installer chez lui.

— Non, il ne m'aime pas.

— Bien sûr que si.

Sophie se demanda si le problème n'était pas là : Jake demandait beaucoup à Abby sans lui avouer qu'il l'aimait. Il faudrait qu'elle lui en parle.

— Mais ne t'en fais pas pour ça, ajouta Sophie en prenant Abby par l'épaule. Pour le moment, tu dois te reposer.

Abby se mit à trembler comme une feuille, et Sophie, qui n'était pourtant pas spécialement douée d'empathie, se sentit touchée. Jake aimait Abby, sans aucun doute, mais peut-être se refusait-il à l'admettre tellement il avait peur de s'engager. Elle allait lui ouvrir les yeux. Dès qu'il rentrerait, et avant même qu'il puisse parler à Abby.

— Inutile de me le dire, Sophie, déclara Jake en pénétrant dans la cuisine, j'aime Abby. Je l'ai découvert tout seul, ce week-end.

— Dans ce cas, pourquoi ne le lui as-tu pas dit ?

— Peut-être parce qu'elle n'a pas envie qu'un homme soit amoureux d'elle pour le moment, mademoiselle Je-sais-tout. Tu l'as entendue vendredi dernier, elle ne veut pas se remarier. Si tu permets, je vais aller la voir et essayer de découvrir ce qui l'a bouleversée à ce point.

— Je crois qu'elle dort, répliqua Sophie en le suivant hors de la cuisine.

Mais Abby ne dormait pas. Allongée sur le lit, elle fixait le plafond. Durant un long moment, Jake l'observa depuis le seuil de la chambre, le cœur serré de ne pas comprendre ce qui la stressait à ce point. Quand il finit par entrer, elle se tourna vers lui, l'air sombre, très pâle.

— Sophie n'aurait pas dû interrompre ton rendez-vous, ni me faire amener ici. J'aurais préféré rentrer chez moi, mais elle a insisté et je n'ai pas eu la force de discuter.

Jake s'assit au bord du lit et lui prit la main.

— D'après le médecin, tu as eu une terrible crise d'angoisse. Tu sais ce qui l'a provoquée ?

— Oui. C'est à cause de ma pilule. J'avais cru l'avoir prise vendredi soir, mais je me suis trompée, ce qui signifie que je risque vraiment de me retrouver enceinte.

Effectivement, le vendredi soir, ils avaient fait l'amour des tas de fois sans préservatif et il était donc bien possible qu'elle soit enceinte. Ce qui avait de quoi la perturber, mais pas au point de provoquer une telle crise d'angoisse. Il manquait forcément une pièce au puzzle.

— Ce serait vraiment de la malchance que tu te retrouves enceinte après une seule nuit, commenta-t-il.

— De la malchance ? Justement, concernant la grossesse, c'est bien ce qui me caractérise.

Il se rappela que pendant son mariage, elle avait essayé d'avoir un enfant, mais sans y parvenir. Ce qui aurait dû la rassurer, d'une certaine façon. Visiblement, elle ne tombait pas facilement enceinte.

— Même si tu avais un bébé, ce ne serait quand même pas la fin du monde !

Elle émit un petit ricanement plein d'amertume.

— Et puis, de nos jours, l'avortement est légal et sans danger.

En prononçant ces mots, il prit soudain conscience que la perspective d'avoir un bébé d'Abby ne lui déplaisait pas du tout, mais de son côté, elle avait l'air d'être d'un tout autre avis car elle le toisa d'un regard à la fois douloureux et irrité.

— Je savais bien que tu réagirais comme ça, mais inutile d'envisager un avortement, Jake, je fais ça très bien toute seule, car j'ai déjà perdu trois bébés, à chaque fois au bout de trois mois de grossesse. Évidemment, tu ignores à quel point ça fait mal et, de toute façon, tu ne veux pas d'enfant. Mais moi si. Autrefois, j'avais rêvé de fonder une famille avec un papa et une maman qui s'aiment et qui adorent leurs enfants, et Wayne aussi en rêvait. Il avait passé son enfance dans une famille d'accueil… Mes parents étaient assez horribles, mais les siens étaient bien pires… Mon Dieu, je l'ai tellement déçu, murmura-t-elle en se cachant le visage entre ses mains.

En la voyant pleurer, Jake sentit les larmes lui monter aux yeux, mais au moins, maintenant, il connaissait la raison de sa crise de panique. Elle était atteinte d'un syndrome de stress post-traumatique, une affection dont il avait lui-même souffert après ses tournages en zone de guerre : insomnies et flash-back récurrents des horreurs auxquelles il avait assisté. Le médecin auquel il en avait parlé lui avait suggéré d'exercer un métier moins stressant, mais il s'y était refusé jusqu'à ce qu'une balle le force à rentrer chez lui. Pour une femme qui cherchait désespérément à avoir un enfant, trois fausses couches successives devaient constituer un terrible traumatisme et la perspective de se retrouver à nouveau enceinte avait dû la déstabiliser complètement.

Il lui prit les mains.

— Abby chérie, d'abord, je suis certain que Wayne n'a jamais été déçu par toi, mais qu'au contraire, il t'a beaucoup aimée. Et te connaissant, toi aussi, tu as su l'aimer en retour. Quant à tes fausses couches, ce sont des choses qui arrivent. Une de mes sœurs en a eu deux successives avant de mener la grossesse suivante à terme. Si tu es enceinte, il n'y a pas de raison que le bébé ne naisse pas en bonne santé.

— Tu n'as donc pas compris que c'est impossible !

— Je comprends mieux que tu ne le crois, mais il faut d'abord savoir si tu es enceinte. Demain, nous irons voir un médecin. Les tests de grossesse ont fait d'énormes progrès et on connaîtra très vite le résultat.

— Comment se fait-il que tu en saches autant sur le sujet ? s'enquit-elle en le fixant d'un air suspicieux.

— J'ai abordé le thème dans mon show. Mais si tu es enceinte, sache que je serai à tes côtés quoi que tu décides. Toujours… Je te le promets.

— Tu ne vas pas emmener une femme enceinte au bout du monde.

— Attendons de voir ce que dira le médecin.

— Je n'ai aucune envie de me retrouver enceinte, Jake.

Il faillit lui avouer qu'il l'aimait, mais ce n'était sans doute pas le bon moment.

— Tu ferais mieux de dormir un peu, et quand tu te sentiras mieux, je te préparerai quelque chose pour le dîner.

Quand il revint dans la cuisine, Sophie le fixa d'un air anxieux.

— Tu as découvert ce qui l'a bouleversée ?

— Je vais nous préparer un verre et te raconter toute l'histoire.

— La pauvre petite…, conclut Sophie lorsque son frère l'eut mise au courant. Rien d'étonnant à ce qu'elle ait eu une crise d'angoisse. Et maintenant, que vas-tu faire, Jake ? Je veux dire, si elle est vraiment enceinte ?

— Ça dépendra d'elle.

— Tu te sens prêt à l'épouser ?

— Absolument.

— Tu le lui as dit ?

— Non. Sincèrement, ce n'est pas ce qu'elle veut. Pas pour le moment.

— Tu te trompes peut-être. Dans la vie, il n'y a pas de certitudes, il faut savoir prendre des risques.

— Tu as peut-être raison, répondit-il d'un air pensif.

Dès qu'il en aurait la possibilité, il dirait enfin à Abby qu'il l'aimait.

14.

Abby ne put obtenir rendez-vous avec sa gynécologue, une femme très sympathique et compréhensive, avant le vendredi suivant à 16 heures. Jusque-là, Jake aurait préféré qu'elle reste chez lui, mais elle refusa. Il l'appela plusieurs fois pour lui proposer de l'accompagner chez le médecin, mais elle lui dit qu'elle préférait être seule pour entendre le diagnostic. Elle ne savait toujours pas si elle avait envie d'être enceinte ou pas ; depuis qu'elle était amoureuse, elle n'avait plus les idées claires.

— Abby Jenkins, dit le médecin sur le seuil de la salle d'attente.

Elle se leva en s'efforçant de sourire.

Jake se gara sur le parking de la clinique, à côté de la voiture d'Abby. Il ne voulait pas la contrarier en entrant, mais il tenait à lui témoigner son amour et à la soutenir.

L'attente lui parut interminable, et quand elle finit par apparaître, il bondit de sa voiture, l'estomac noué, cherchant des signes de détresse sur son visage, tandis qu'elle s'approchait de lui.

— Qu'est-ce que tu fais là ? Je t'avais demandé de ne pas venir.

— Désolé, mais il le fallait. Qu'a dit ton médecin ?

— D'après le test, je ne suis pas enceinte.

Jake aurait été incapable de dire s'il était ou non déçu ; l'important, pour lui, c'était comment se sentait Abby.

— C'est une bonne nouvelle, non ?

— Si on veut.

— Et maintenant, tu as quelque chose de prévu ?

— Je crois que je vais rentrer chez moi.

— J'aimerais t'inviter à dîner quelque part.

— Pour fêter ça ? demanda-t-elle sur un ton plutôt amer.

Il pensa au diamant qu'il avait dans sa poche et qui devrait convaincre Abby de ses sentiments à son égard. Au même moment, une femme sortit de la clinique et se mit à l'observer avec attention. Il était temps de partir avant qu'elle n'envoie un tweet et qu'une meute de paparazzis ne rapplique.

— Monte, dit-il à Abby.

— Et ma voiture ?

— On reviendra la chercher, répondit-il en sortant rapidement du parking.

Brusquement, Abby fondit en larmes.

— Ne pleure pas. On rentre tout de suite !

— Oui, s'il te plaît, murmura-t-elle.

Jake ne la ramena pas chez elle, mais chez lui où il lui proposa un verre de vin, un sauvignon blanc bien frais qu'ils dégustèrent dans la cuisine.

— Qu'aurais-tu fait si le test s'était révélé positif ? s'enquit-elle.

— J'étais justement sur le point de te demander de m'épouser.

Elle le fixa sans répondre, visiblement choquée.

— Mais tu ne voulais ni te marier ni avoir d'enfants. Tu m'as dit clairement que, pour toi, c'était rédhibitoire.

— C'est vrai, mais c'était avant. Avant que je tombe amoureux de toi. De toute façon, enceinte ou pas, j'avais prévu de te demander en mariage aujourd'hui même.

— Tu es fou !

— Comme je savais que tu allais réagir comme ça, j'ai apporté du renfort.

— Du renfort ?

— Sophie m'a dit que tu ne voulais pas que je t'offre de

bijoux parce que ça faisait trop femme entretenue, alors je t'en ai acheté un qu'on ne donne jamais à une maîtresse.

Il tira un écrin de sa poche et l'ouvrit, révélant une bague de fiançailles, un diamant monté sur un anneau d'or jaune.

— Mon Dieu… Il est merveilleux… Et toi aussi, Jake. Je suis très touchée… Mais c'est impossible.

— Pourquoi ? Tu ne m'aimes pas ?

— Bien sûr que si, dit-elle en le contemplant d'un air qui le rassura. Mais je ne peux pas t'épouser. Pour moi, le mariage implique des enfants, et je suis incapable de l'envisager encore. D'ailleurs, peut-être ne le pourrai-je jamais…

Jake fit de son mieux pour dissimuler sa déception.

— Pourquoi ne pas continuer comme avant ? reprit-elle. Toi non plus tu n'as pas vraiment envie de te marier.

Jake sentit son cœur se serrer. Après la mort de Craig, il avait compris que le style de vie de son oncle n'était peut-être pas aussi souhaitable qu'il l'avait cru. Qui avait envie de mourir seul, sans personne pour lui tenir la main et lui dire qu'il l'aimait ?

Il comprit également qu'Abby n'était pas encore prête à faire face à un nouvel engagement, mais qu'elle le serait sûrement un jour. Et ce jour-là, il serait à ses côtés.

Il remit l'écrin dans sa poche et lui sourit.

— On va continuer comme ça, puisque tu le souhaites, dit-il tendrement. Mais tu pourrais au moins venir vivre chez moi ?

Elle lui adressa un regard plein d'adoration.

— Oui, j'en serais réellement ravie.

15.

Un an après…

— Quel bonheur de revoir Megan et Timmy, déclara Abby quand l'avion amorça sa descente sur Mascot. Et aussi ta famille.

— Nous les reverrons tous ensemble le jour de Noël, répondit Jake. J'ai loué le même bateau que l'an dernier.

— C'est vrai ? Tu ne m'en as pas parlé.

Abby fut surprise car ils se disaient tout : durant l'année précédente, leur amour était devenu plus fort encore. Il ne se résumait pas à une attirance physique, comme elle l'avait craint, mais voyager et vivre ensemble l'avait comblée. Malgré tout, Paris en été avait beau être superbe, elle était heureuse de rentrer.

— J'ai voulu te faire une surprise, et j'en ai d'ailleurs une autre pour toi.

— Laquelle ?

— Demain matin, tu as rendez-vous à Sydney avec un des meilleurs spécialistes de la fertilité.

Abby sentit son estomac se nouer.

— Tu aurais dû d'abord m'en parler…

— Abby, c'est le bon moment, dit Jake sur un ton tendre mais ferme.

Il avait raison. Il avait réussi à la convaincre qu'il avait sincèrement envie de l'épouser et d'avoir un ou deux enfants avec elle. Ils avaient arrêté les préservatifs, mais elle continuait à prendre la pilule, même si elle avait tendance à l'oublier souvent.

Pourtant, elle redoutait encore d'espérer et de voir ensuite son beau rêve détruit, une fois de plus.

— Si ça ne marche pas, il nous restera l'adoption. Il y a tellement d'orphelins sur terre qui rêveraient d'avoir pour mère une femme aussi merveilleuse que toi !

— C'est la chose la plus gentille que tu m'aies jamais dite, répondit-elle en sentant son cœur fondre d'amour.

— Alors, quand nous serons rentrés, pourrai-je sortir de son tiroir cette bague de fiançailles ?

— Je reconnais que j'ai été horrible. Pourras-tu jamais me pardonner d'avoir refusé ce jour-là ?

— Il n'y a rien à pardonner. Tu avais raison, c'était trop tôt. Mais maintenant, Abby, il est temps d'envisager notre avenir ensemble.

Dans la salle d'attente du spécialiste, Jake observait Abby qui faisait tourner sa bague autour de son doigt. Elle était terriblement nerveuse, et lui aussi. Il savait tout ce que signifiait pour elle la perspective d'avoir des enfants. Quant à lui, il n'avait jamais rêvé d'être père, mais tout ce qui faisait plaisir à sa fiancée le rendait heureux.

La porte s'ouvrit sur le Dr Gard, une quinquagénaire grande et mince au visage aimable.

— Madame et monsieur Sanderson ?

Ils la suivirent dans son cabinet et Jake écouta Abby raconter d'une voix tremblante ses déboires. Le médecin l'écouta avec attention, l'interrompant parfois pour lui poser quelques questions.

— Je vais vous examiner, conclut-elle.

Elles disparurent derrière un rideau durant quelques minutes qui parurent à Jake une éternité.

— Eh bien, je dois vous dire que cela ne m'est pas arrivé très souvent, mais j'ai le plaisir de vous annoncer que vous êtes enceinte, dit-elle lorsqu'ils se furent rassis devant son bureau.

— Enceinte ! s'exclama Abby en se tournant vers Jake.

— Oui, d'environ quatre mois, d'après l'examen de votre utérus. Mais nous en saurons plus après une échographie à laquelle nous allons procéder immédiatement.

Ils restèrent muets, sous le choc, tandis qu'on les conduisait dans une autre pièce. Si le médecin avait raison, Abby avait déjà dépassé les trois mois fatidiques, songea Jake qui lui tenait la main tandis que la spécialiste faisait glisser sa sonde sur son ventre déjà légèrement gonflé. Quelques jours plus tôt, elle s'était plainte d'avoir pris du poids à force de manger au restaurant, mais, en fait, c'était un bébé. Leur bébé.

Le cœur chaviré, Jake fixait l'écran où se dessinait une minuscule silhouette.

— Un peu plus de quatre mois..., déclara le médecin. Désirez-vous connaître son sexe ?

— Oui, répondirent-ils en chœur.

— C'est une fille. Superbe...

Abby fondit en larmes et Jake lui prit la main pour la porter à ses lèvres.

— Comme sa maman, dit-il, le cœur si plein d'amour qu'il sentit ses yeux se mouiller.

Il se jura d'être un bon mari et un bon père, comme le sien, qui n'avait pas su s'enrichir, mais lui avait donné beaucoup d'amour.

— Vous... Vous croyez que ça va bien se passer ? s'enquit Abby d'une voix tremblante.

— J'en suis convaincue, répondit en souriant le médecin. Vous n'avez aucune crainte à avoir, je vais bien veiller sur vous.

Épilogue

Le médecin avait raison : la fille d'Abby et de Jake naquit à terme. Elle avait une jolie frimousse couronnée d'une touffe de cheveux blonds, et de grands yeux bleus. Abby ne pouvait pas détacher d'elle son regard tandis qu'elle la serrait dans ses bras. Elle finit pourtant par tendre le bébé à Jake qui se mit à la bercer doucement, le cœur débordant d'amour.

— Paris…, murmura-t-il.

C'était le prénom qu'ils avaient choisi, après avoir calculé qu'elle avait été conçue dans cette ville.

Une fois rentrés chez eux tous les trois, ils demandèrent à Megan et à Sophie d'être ses marraines. Le baptême eut lieu trois semaines plus tard. Le Noël suivant, qui fut particulièrement joyeux, eut lieu sur le même bateau que les deux précédents. Jake était si fier de montrer à toute la famille son merveilleux bébé ! Abby aussi nageait dans le bonheur à l'idée d'avoir pu réaliser son rêve de fonder une famille heureuse. Elle pensait déjà à avoir un second enfant et Jake n'était pas contre, lui qui avait tant répété naguère qu'il était contre le mariage et les enfants.

— Elle est adorable, n'est-ce pas ? lui dit-il tandis qu'ils contemplaient tous deux Paris endormie dans son joli berceau rose.

Il enlaça Abby par l'épaule et elle se blottit contre lui.

— Quel merveilleux Noël… Plus merveilleux encore que l'année dernière.

Le Noël précédent avait été aussi le jour de leur mariage, ce qui lui rappela quelque chose.

— J'ai une surprise pour toi, dit-il en sortant une bague d'un écrin, une émeraude entourée de diamants.

— Oh ! Jake, elle est magnifique !

— Moins que toi, ma chérie.

— Et tu me dis des choses si gentilles.

— C'est parce que je t'aime.

— Je ne suis pas certaine de savoir pourquoi, mais j'en suis ravie.

Il baissa la tête pour l'embrasser. Il avait tant de raisons de l'aimer : elle était la personne la plus courageuse, la plus gentille et la plus sincère qu'il ait jamais rencontrée. Il remercia son oncle dont le legs était à l'origine de tant de bonheur. Il était assez riche pour ne pas avoir besoin de travailler, mais il ne pouvait demeurer longtemps inactif et pensait déjà à créer une série documentaire appelée *Lune de miel,* qui mettrait en scène des amoureux en voyage de noces dans des lieux sublimes. Un spectacle plein de bonheur.

Désormais, tout serait différent.

Abby poussa un petit gémissement de désir qui l'arracha à sa rêverie.

— Il est temps d'aller se coucher, dit-il en lui prenant la main pour l'entraîner vers un avenir doré.

AZUR

HARLEQUIN

Ne manquez pas dès le mois
prochain dans votre collection

AZUR

le premier tome de la nouvelle série :

TROIS SŒURS À SÉDUIRE

Trois sœurs dans la tourmente.
Trois milliardaires prêts à tout pour les conquérir.

Un roman inédit chaque mois de juin à août 2020

HARLEQUIN
www.harlequin.fr

Retrouvez en juin 2020,
dans votre collection

AZUR

Le secret d'une innocente, de Caitlin Crews - N°4224

ENFANT SECRET

Cecilia est sous le choc. Jamais elle n'aurait imaginé revoir Pascal Furlani dans le petit village de montagne où ils se sont connus. Six ans plus tôt, cet homme l'a abandonnée sans un mot d'adieu, après l'avoir séduite dans l'abbaye même où elle avait soigné ses blessures, séquelles d'un grave accident. Comment Pascal ose-t-il se présenter devant elle, alors qu'il a bouleversé son existence tout entière ? Après son départ, en effet, Cecilia a dû rompre les vœux qu'elle s'apprêtait à prononcer, car un enfant est né de leur relation interdite…

Son cavalier du désert, de Heidi Rice - N°4225

PRINCES DU DÉSERT

Menacée par une tempête de sable en plein désert, Kasia est secourue in extremis par un mystérieux cavalier et son étalon noir… Mais, lorsque son sauveur se révèle être le prince Raif, souverain de la tribu des Kholadis, Kasia se sent de nouveau en danger. Non seulement cet homme a une réputation de guerrier débauché mais, surtout, il éveille en elle un désir aussi intense qu'insensé. Au point que, oubliant toute prudence, Kasia passe une nuit entre ses bras. Une seule nuit, mais qui pourrait bien avoir de lourdes conséquences…

**La trahison d'une princesse,
de Pippa Roscoe - N°4226**

Alors qu'elle admire le coucher de soleil sur les toits de Paris, la princesse Sofia mesure l'ironie de la situation. C'est dans la ville la plus romantique du monde qu'elle sera bientôt mariée à un homme qu'elle n'aime pas ! Certes, elle connaît son devoir envers son peuple, et cette union de convenance fait partie de ses nombreuses obligations. Seulement, à l'heure de renoncer à sa liberté, elle ne peut s'empêcher de songer à Theo Tersi, celui qu'elle a follement aimé autrefois, puis trahi en l'abandonnant sans un mot d'explication. Theo, qu'elle va revoir au bal de ses fiançailles, même si elle l'ignore encore…

Le fiancé d'une reine, de Rachael Thomas - N°4227

MARIAGE ARRANGÉ

Si Kaliana n'a pas trouvé un époux d'ici quatre mois, elle sera mariée de force par son père ! En tant qu'héritière du royaume d'Ardu Safra, elle a des devoirs, bien sûr, mais comment ne pas trembler devant l'injonction du roi ? Éprise de liberté, elle veut pouvoir s'unir à un homme qu'elle aura choisi. Et c'est sur Rafe Casella, un milliardaire sicilien, qu'elle jette bientôt son dévolu. Certes, il ne peut s'agir d'amour entre eux, malgré leur attirance indéniable et la nuit passionnée qu'ils ont passée ensemble. Mais au moins, leur engagement sera clair et net – et leur mariage, de pure convenance…

Tentation argentine, de Louise Fuller - N°4228

Cela fait deux ans que Mimi tente d'oublier le baiser brûlant qu'elle a échangé avec Bautista Caine, le frère de sa meilleure amie. En vain. Bien qu'il l'ait brutalement rejetée après leur fougueuse étreinte, cet homme occupe toutes ses pensées, jour et nuit ! Alors, aujourd'hui qu'elle doit le revoir à l'occasion d'un mariage en Argentine, Mimi redoute ses propres réactions. Saura-t-elle rester de marbre face à Bautista, sans trahir le désir qu'il lui inspire encore, bien malgré elle ?

Une dernière étreinte ?, de Melanie Milburne - N°4229

Un week-end en Grèce. Alors que beaucoup en profiteraient pour se prélasser au soleil, Juliette n'a qu'un objectif : présenter sa demande de divorce à Joe Allegranza. Après quinze mois de séparation, il est temps pour elle de mettre fin à la mascarade de leur mariage. Certes, sa rencontre avec Joe a été passionnée. Mais jamais ils n'auraient dû convoler, alors que tous deux ne partageaient rien d'autre qu'une exceptionnelle entente charnelle. Sitôt qu'elle le revoit, hélas, ses résolutions vacillent. Son époux lui fait toujours autant d'effet, au point que Juliette a soudain très envie de s'offrir une dernière étreinte entre ses bras puissants…

Un diamant pour son assistante, de Clare Connelly - N°4230

Tout réussit à Thanos Stathakis – ou *presque*. Cela fait des années qu'il cherche à racheter la société autrefois perdue par sa famille, or un obstacle se dresse encore devant lui. L'actuel propriétaire refuse de lui céder ce joyau tant convoité, pour l'unique raison qu'il traîne une réputation scandaleuse d'homme à femmes. Qu'à cela ne tienne, Thanos va se marier. Et il a déjà une idée de celle qui pourra redorer son image. Alice, son innocente assistante si troublée en sa présence, jouera à la perfection le rôle de son épouse… s'il parvient à lui passer la bague au doigt !

L'héritier d'un milliardaire grec, de Lynne Graham - N°4231

SÉRIE : *TROIS SŒURS À SÉDUIRE* - 1/3

Trahie par l'homme dont elle est tombée amoureuse, Winnie l'a quitté – sans lui révéler qu'elle portait son bébé. Aussi est-elle bouleversée lorsque, deux ans plus tard, Eros Nevrakis se présente à elle, furieux. Parce qu'il a découvert son secret, le voilà prêt à tout pour légitimer son héritier… Alors qu'il exige que Winnie l'épouse et l'accompagne sur son île grecque, elle se sent prise au piège. Si elle refuse, Eros n'hésitera pas à lui ravir ce qu'elle a de plus précieux : leur enfant.

Scandale à Madrid, de Susan Stephens - N°4232

SÉRIE : *PASSION AU PARADIS* - 2/6

À Madrid, tout le monde le connaît comme le duc d'Alegon, homme d'affaires le plus puissant d'Espagne. Mais, dans son château à flanc de montagne, il redevient Alejandro, roi des Tziganes. Fascinée par cet homme complexe à la réputation sulfureuse, la douce et innocente Sadie accepte de le suivre sur ses terres et, bientôt, cède à l'attrait qu'il exerce sur elle. Dans cette passion irrésistible et sauvage, Sadie se révèle et se perd. Jusqu'à se découvrir enceinte et provoquer par là même un retentissant scandale…

Le baiser d'Angelo Navarro, de Dani Collins - N°4233

En tant qu'héritière de la puissante famille Montero, Pia sait ce qu'on attend d'elle : un mariage avec un aristocrate de son rang. Or, à l'occasion d'un bal masqué, elle perd la raison sous le regard d'un inconnu, mystérieux et envoûtant. Un baiser, une étreinte passionnée, et voilà qu'elle lui offre son innocence… Une folie d'autant plus grande que, bientôt, Pia découvre que son amant d'une nuit n'est autre qu'Angelo Navarro, fils illégitime d'un baron. Un homme sans naissance, entouré de scandale – le dernier qu'elle devrait fréquenter, mais le seul qu'elle désire et dont elle attend l'enfant…

Séduction sans scrupule, de Lucy Monroe - N°4234

Séduire Hope Reynolds, l'épouser et se débarrasser d'elle au plus vite. Tel est le plan de Luciano Di Valerio. Non pas que ce procédé lui soit particulièrement agréable, mais il n'a pas le choix : le grand-père de la jeune femme a fait de ce mariage la condition pour lui rendre ses parts de Di Valerio Shipping, l'entreprise familiale que Luciano s'est juré de sauver de la faillite. Et puis, le désir brûlant que lui inspire Hope compensera un peu son aversion viscérale pour le mariage. Mais, à mesure que les jours passent, Luciano ne peut empêcher une question de le hanter : Hope est-elle une femme sans scrupule qui a demandé l'aide de son grand-père pour arriver à ses fins… ou l'innocente victime de cette sombre machination ?

OFFRE DE BIENVENUE

Vous êtes fan de la collection Blanche ?
Pour prolonger le plaisir, recevez gratuitement

◆ **1 livre Blanche gratuit** ◆
et 2 cadeaux surprises !

Une fois votre colis de bienvenue reçu, si vous souhaitez continuer à recevoir nos romans Blanche, cela se fera automatiquement. Vous recevrez alors chaque mois, 3 volumes doubles inédits de cette collection au tarif unitaire de 7,20€ (Frais de port France : 2,05€).

➡ LES BONNES RAISONS DE S'ABONNER :

Aucun engagement de durée ni de minimum d'achat.
◆
Aucune adhésion à un club.
◆
Vos romans en avant-première.
◆
La livraison à domicile.

➡ ET AUSSI DES AVANTAGES EXCLUSIFS :

Des cadeaux tout au long de l'année.
◆
Des réductions sur vos romans par le biais de nombreuses promotions.
◆
Des romans exclusivement réédités notamment des sagas à succès.
◆
L'abonnement systématique et gratuit à notre magazine d'actu ROMANCE.
◆
Des points fidélité échangeables contre des livres ou des cadeaux.

➡ REJOIGNEZ-NOUS VITE EN COMPLÉTANT ET EN NOUS RENVOYANT LE BULLETIN !

N° d'abonnée (si vous en avez un) ☐☐☐☐☐☐☐☐☐☐ B0ZEA3

Mme ❒ Mlle ❒ Nom : .... Prénom : ....

Adresse : ....

CP : ☐☐☐☐☐ Ville : ....

Pays : .... Téléphone : ☐☐☐☐☐☐☐☐☐☐

E-mail : ....

Date de naissance : ☐☐ ☐☐ ☐☐☐☐

☐ Oui, je souhaite être tenue informée par e-mail de l'actualité d'Harlequin.

☐ Oui, je souhaite bénéficier par e-mail des offres promotionnelles des partenaires d'Harlequin.

Renvoyez cette page à : Service Lectrices Harlequin – CS 20008 – 59718 Lille Cedex 9 - France

Date limite : **31 décembre 2020**. Vous recevrez votre colis environ 20 jours après réception de ce bon. Offre soumise à acceptation et réservée aux personnes majeures, résidant en France métropolitaine. Prix susceptibles de modification en cours d'année. Vous pouvez demander à accéder à vos données personnelles, à les rectifier ou à les effacer. Il vous suffit de nous écrire en nous indiquant vos nom, prénom et adresse à : Service Lectrices Harlequin - CS 20008 - 59718 LILLE Cedex 9. Harlequin® est une marque déposée du groupe HarperCollins France – 83/85, Bd Vincent Auriol – 75646 Paris cedex 13. Tél : 01 45 82 47 47. SA au capital de 3 120 000€ - R.C. Paris. Siret 31867159100069/APE5811Z.

RESTEZ CONNECTÉ AVEC HARLEQUIN

Harlequin vous offre un large choix de littérature sentimentale !

Sélectionnez votre style parmi toutes les idées de lecture proposées !

www.harlequin.fr

- **Découvrez** toutes nos actualités, exclusivités, promotions, parutions à venir...
- **Partagez** vos avis sur vos dernières lectures...
- **Lisez** gratuitement en ligne
- **Retrouvez** vos abonnements, vos romans dédicacés, vos livres et vos ebooks en précommande...

L'application Harlequin

- Des **ebooks gratuits** inclus dans l'application
- **50 nouveautés tous les mois** et + de 7 000 ebooks en téléchargement
- Des **petits prix** toute l'année
- Une **facilité de lecture** en un clic hors connexion
- Et plein d'autres avantages...

Téléchargez notre application gratuitement

Télécharger dans l'App Store

DISPONIBLE SUR Google Play

SUIVEZ-NOUS !

facebook.com/HarlequinFrance
twitter.com/harlequinfrance